「姉のスペア」と呼ばれた身代わり人生は、
今日でやめることにします
～辺境で自由を満喫中なので、
今さら真の聖女と言われても知りません！～

結生まひろ

目次

[人物紹介]

「スペア」と呼ばれる不遇な令嬢
モカ・クラスニキ
双子の姉と共に真の聖女候補として登城するも、怠惰な姉の分まで働き、搾取される日々を送る。過酷な労働に耐えてきたことから滅多なことではへこたれない性格に。
“呪われた”辺境騎士団の団長
アレクシス・ヴェリキー
魔獣が溢れる辺境を守る騎士団長。過去に王宮聖女との因縁があり、聖女だったモカを警戒していた。しかし、健気で美しい心を持つモカに惹かれていき…。
「姉のスペア」と呼ばれた身代わり人生は、今日でやめることにします
～辺境で自由を満喫中なので、今さら真の聖女と言われても知りません！～

CHARACTER

モカの双子の姉

カリーナ・クラスニキ

魔力量が多く真の聖女の最有力候補と呼ばれているが、仕事を放棄した挙句、妹の婚約者であるヴィラデッへと浮気をする。

ノイベルク王国の第二王子

ヴィラデッへ

容姿は良いが、私欲を満たすことばかりを考えているダメ王子。浮気相手であるカリーナの言うことを鵜呑みにしてモカを追い出してしまう。

辺境騎士団副団長

ノア・ガウター

アレクシスの幼なじみで右腕的存在。一見、人たらしな印象を受けるが一本筋の通った真面目な騎士。恋になると不器用なアレクシスを温かく見守っている。

真の聖女とは…

通常、治癒魔法を使えるものは稀有であるため聖女となる。その聖女たちの中から、唯一無二の存在として力を開花させるのが真の聖女である。

婚約破棄と追放

十七歳の誕生日を迎えるその日。

「モカ・クラスニキ。君との婚約は破棄させてもらう」

私たちの誕生日パーティーが開かれていた王宮内の大広間にて。この国、ノイベルク王国の第二王子で三つ年上のヴィラデッヘ様が、ご自慢の金髪を揺らしながら言った。

「……婚約破棄？　どうしてですか？」

「君は自分が『どうせスペアだから』と言い、聖女の仕事をまったくしていないらしいな」

「え？」

「カリーナに聞いているぞ！　聖女の仕事をすべて姉である彼女に押し付けているくせに、手柄だけは横取りしていると！」

「そんな……」

わなわなと怒りに震え、次第に口調がきつくなっていくヴィラデッヘ様。

聖女（私）の婚約者でもある彼は、この国の軍事の指揮を任され、聖女が作る回復薬の管理責任者でもある。

「お言葉ですが、私は日々仕事をまっとうしているつもりですが……。何かの間違いでは？」

「うるさい！　そうやって優しいカリーナを脅していたのだろうが、僕はすべてを知っているぞ‼」

「………」

ヴィラデッヘ様の影に隠れて怯《おび》えた素振りを見せるカリーナに、私の頭の中は混乱するばかり。

仕事をさぼっているのは、むしろカリーナのほうなのに——。

この国の人々は皆、多かれ少なかれ魔力を持っており、生活魔法程度の風魔法や水魔法は使うことができる。

私たち双子は、生まれつき魔力量が多かった。

そしてとても稀少な力である治癒魔法が使えたため、物心がついたときには〝聖女〟として登城し、回復薬作りや魔物との戦いで怪我をした騎士たちの治療を行い、国に貢献してきた。

回復薬はいくらあっても足りないし、ふたりだけで聖女の仕事をこなすのはとても大変だったけど……。数年前のある日から、カリーナが徐々に仕事量を減らしていった。

『今日は疲れちゃった。後はモカがやっといてくれる？』

そう言って、カリーナはどこかへ行ってしまう。

一日のノルマを達成できていないから、私は寝ないで回復薬を作る日々が続いた。

だというのに、どうして私がカリーナに仕事を押し付けたことになっているの？

「しかも、僕という婚約者がいながら、王太子であるレナード兄様に色目を使っていたらしいな！　兄上には心に決めた人がいるというのに！　酷《ひど》いじゃないか‼」

「そんなことをした記憶はありませんが……」

忙しくて、誰かに色目を使う暇なんてないのですが。

というか、レナード殿下を狙っていたのもカリーナだったような……？

カリーナはレナード殿下の婚約者の座を狙っていたから、私がヴィラデッヘ様と婚約したんじゃなかった？

結局レナード殿下は、真実の愛を貫いて幼《おさな》馴《な》染《じみ》の伯爵令嬢と婚約してしまったけど。

「とにかく、カリーナの邪魔ばかりする君は用済みだ！　真の聖女はカリーナだ！　もともと君はカリーナのスペアでしかないのだからな！」

「…………」

通常、治癒魔法が使えるものは稀有であるため聖女となる。その聖女たちの中から、真の聖女は同時に存在することはなく、唯一無二の存在として力を開花させるのである。

そんな中、私たち双子は治癒魔法が使えた。

生まれた当初は姉のほうが魔力量が強いと言われており、真の聖女の最有力候補とされていた。とはいえ私にも治癒魔法の才があったため私たちはふたりで真の聖女候補として働き、〝真の聖女〟として才能を開花させるか見るための試用期間中だった。

真の聖女であれば、より強力な回復薬を作ることができたり、瘴気の浄化や祈りの力だけで魔物を退治したりすることもできると言われている。

でも、聖女としての仕事はとてもきつい。

だから、せっかくふたりいるならふたりで協力できればいいと思っていたのに……。真の聖女がカリーナというだけで、私は用済みなの？

「わかりました、婚約破棄は受け入れます。それで、私はどうなるのでしょう？」

「安心して？　モカにはとっても素敵な結婚相手を見つけたのよ」

「え？」

ヴィラデッヘ様の後ろで、カリーナが私とよく似たピンクブロンドの髪を揺らしながらにっこりと口角を上げた。

「そうだ。君は辺境騎士団団長の、アレクシス・ヴェリキー辺境伯に嫁がせることが決まった。クラスニキ子爵の了承も得た」

「……辺境騎士団の、団長様？」

「先方には既に話がついている。君にはお似合いの相手だろう？　あの、呪われた騎士団の団長なんて」

鼻で笑いながらそう言ったヴィラデッヘ様に、カリーナも「そうよね」と言いながらクスクスと笑っている。

両親はお金にしか興味がない。だから王子と結婚できるのであれば、相手は私でも姉でもどちらでもいいのだろう。

辺境騎士団――別名、〝呪われた騎士団〟。

かつては〝最強の騎士団〟として名を馳《は》せ、魔物からこの国を守っている優秀な騎士の集まりだった。

けれど、あるときからその力が衰え、今ではすっかり衰退してしまったらしい。

更に、その騎士団の団長である若き辺境伯、アレクシス様にはよくない噂《うわさ》がある。

〝とても恐ろしい男で厳しく、団長のせいでみんな疲れ切り弱っている〟

〝あの男は気に食わない者を容赦なく斬り殺すらしい。自分の親すらも、手にかけたという〟

〝以前辺境伯に嫁ぐ予定だった女性はひと睨《にら》みされただけで震え上がり、その恐怖に耐えられず自害してしまったのだとか……〟

騎士団に関わる者に不幸が訪れるという噂がまことしやかに飛び交い、いつしか〝呪われた騎士団〟と呼ばれるようになった。

現在二十四歳という若さで既に辺境伯を継いでいるアレクシス団長は、もともととても優秀な男だと言われていた。

辺境の地で魔物からこの国を守ってくれている彼らの話は、聖女として王宮で回復薬作りに励んでいた私の耳にも入ってきていたのだけど……。

いつからか流れてきたそんな噂のせいで、彼に嫁ごうというご令嬢はおらず、未だに婚約者すら決まっていなかった。

「スペアといっても一応治癒魔法が使えるんだ。せいぜい呪われた騎士団の連中を癒やしてこい」

「なるほど……。辺境伯様に嫁ぐのは構いませんが、ヴェリキーの地に行った後、これまでの回復薬作りの仕事はどうすれば？」

「だから、君がいなくても王都にはカリーナがいるから平気だ！　そもそも君はろくに働いていないいんだからな！」

「……では、私はもうこれまでのように働かなくていいのですか？」

「そうだと言っている！　これからはヴェリキーで辺境騎士団のサポートでもするといい。まぁ、これまでだって仕事をサボっていた君が騎士団の役に立つとは思えないがな」

そう言って、ヴィラデッヘ様は鼻で笑ったけれど。

私にとっては、何という素晴らしいお話かしら……！

とてもわくわくしてしまう。本当に、もうあんなに辛い仕事をしなくてもいいの？

……でも。

「お姉様、本当に私がいなくなっても大丈夫ですか？」

「しつこいわね！　大丈夫よ、あなたが働いていた分なんて、私ひとりで余裕なんだから！」

「……そうですか、わかりました」

カリーナがそう言うのなら、いいでしょう。やっと真面目にやる気になったのね。それなら今まで私が仕事を押し付けていたという嘘《うそ》には目をつむって、王都はカリーナに任せましょう。

「ヴィラデッヘ様、お姉様」

「な、何だよ」

「何よ……」

「今までお世話になりました！」

背筋を伸ばしてふたりを見据えると、私は心から感謝して深々と頭を下げた。

だってあんなに辛い仕事から解放されるのだから、辺境の地だろうと、呪われた騎士団のもとへだろうと、どこへだって喜んで行くわ……！

辺境の地へ

別れを惜しんでくれる人もいない私は少ない荷物を鞄に詰め、さっさと実家を出ていくことにした。

「……っっっやったわ！　やっと解放される……‼」

翌日、私は辺境の地、ヴェリキーに向かう馬車に揺られていた。

我が家であるクラスニキ子爵家は、もともと裕福ではなかった。

けれど私たち姉妹が聖女として認定されたおかげで国からたくさんの支援を受け、今ではとても裕福な家になった。

でも、父も母もそんな私たちのことは金づるとしか思っていないのか、王宮で働いている私たちに会いに来てくれたのはこの十数年で数える程度。

もう三年は、顔も見ていない。

とにかく働き詰めで、姉は参加できても、スペアである私は華やかな社交の場には一度も参加したことがなかった。珍しく今年は姉だけでなく、私たち双子の誕生日パーティーを開催してくれたと思ったら、まさかの婚約破棄。

もしかして、わざと大勢が見ている前で……？

ヴェリキーは王都のように華やかな場所ではないだろうけれど、遊ぶ暇がなかった私には関係のないこと。

アレクシス様がどんな方なのかは知らないけれど、ヴィラデッヘ様も反りの合わない婚約者だったから、はっきり言って結婚相手はどっちでもいい。

「とにかく、今までより酷いことはないだろうし、新しい生活に乾杯！」

聖女になって登城後、あるときから侍女がどんどん減らされた。そのため身支度や入浴はひとりでもできる。私はひとりでも大丈夫！

出立前に王宮の侍女にもらったぶどうジュースを高く掲げて、私はひとりうきうきしながらヴェリキーに向かった。

＊

そうして、数日後。

ようやく私は、王都から遠く離れた辺境の地、ヴェリキーに到着した。

やっぱり王都とは比べものにならないほどの田舎だけど、途中の街では人々が生活している様子もあった。

けれど、騎士団の城砦に近づけば近づくほど、空気が変わったのかと思うほど淀んでいるように感じた。

まるで瘴気が漂っているような、暗く、嫌な空気。

出歩いている人も少ないわね……。

それだけは少し気になったけど、王都のようにごちゃごちゃと人が多くないのは、むしろ気が楽だと思った。

下位貴族出身の私が聖女として登城して、王子の婚約者になって……。

王宮に出入りする高位貴族のご令嬢たちからは、散々嫌味を言われてきた。

けれどそれも、ここではあり得ないことだわ。さようなら、面倒な貴族社会……！

騎士団の城砦は高い塀に囲まれた大きな造りで、門の入り口にはたくましい騎士がふたり立っていた。

馬車を降りて挨拶すると、ひとりがすぐに私を中へ案内してくれる。話は通っているようね。

建物の中も広くて、立派だった。まるでお城のよう。

けれどどこか静かで、暗く重い雰囲気がある。これは魔物の瘴気のせいかしら……。

この建物の裏には大きな森があって、その森の奥には魔物が住んでいる。

王都では街の中心に王宮があったけど、騎士団の城砦は街の中心から随分奥まった場所に建てられている。きっと森からやってきた魔物から街を守るために、森と街を隔てるように建てられているのね。

けれど、それでは日々気が抜けないでしょうね……。騎士たちにお休みはあるのかしら？　あったとしても、きっと心は休まらないわ……。

騎士団の皆さんは日々命がけで戦っているのでしょう。休みなく働く大変さはとてもわかる。

「アレクシス団長はこちらです」

「ありがとうございます」

私の部屋に案内してくれた後、アレクシス様のところへ連れていってくれた騎士も、どこか元気がない。きっとお疲れなのね。心配だわ。

やはりあの噂は本当なのかしら……。

すぐに持ち場へ戻っていったし、人も足りなくて忙しいのだと思う。

「失礼します」

「――どうぞ」

そんなことを考えつつも、旦那様となる人への挨拶のため、気を取り直して深呼吸し、ノックをしてから入室した。

「初めまして、モカ・クラスニキと申します」

片足を引き、スカートを軽くつまみ上げて膝を折る。これでも一応、王子の婚約者として、淑女教育は受けてきた。

間違えても辺境伯様に無礼を働いて、いきなり斬られるようなことがあっては困る。

すると執務机で仕事をしていたと思われる男性――アレクシス様が、無表情のまま椅子から立ち上がって静かにこちらに歩いてきた。

「………………」

この方が最強の騎士団と言われていた辺境騎士団団長の、アレクシス・ヴェリキー様。

漆黒の髪に、鋭い金色の瞳。〝誰のことも信用していない〟と言わんばかりの引き締まった口元に、高い鼻。見上げるほど大きな身長と、黒い騎士服の上からでも鍛えられているのがわかる、たくましい体躯《たいく》。

隙のない鋭い視線は、それだけで人を殺せるのではないかと思ってしまうほどで、私の身体は凍りついたように動けなくなる。

「………………」

そんなアレクシス様に、私はごくりと息を呑んだ。

キリッとした、怖いほどに整ったお顔立ちの……なんて……なんてハンサムな方かしら……‼

「アレクシス・ヴェリキーだ。どうぞかけてくれ」

「は、はい！」

怖い噂のことなど忘れて、思わずぽうっと、アレクシス様にみとれてしまった。

アレクシス様は声まで美しい。少し低くて落ち着いた声は、脳を痺れさせるよう。

そんな彼の声にはっとして、私は対になったソファの片方に座った。アレクシス様も私に向かい合う形で腰を下ろす。

いけないわ、粗相をして婚約破棄され、また出戻り！　なんてことにならないよう、貴族令嬢としてちゃんとしないと……！

「長旅で疲れただろう。まずはゆっくりするといい」

「お気遣いありがとうございます」

アレクシス様のことは噂でしか知らなかったから、実際はどんな方なのかドキドキしていたけれど。いきなり気遣ってくださるなんて、思ったより優しい方なのかもしれない。

それに、思っていた以上に美しい……。この方が、あんなに恐ろしい噂のある呪われた騎士団の団長様だなんて、信じられないくらい。

形式上でもこんな美形の方の妻になれるなんて……ちょっと嬉しい。

「しかし――あなたのようなご令嬢が、よく来てくれたな。こんな場所に」

「え？」

どんな挨拶をして、どんなお話をするのかしら。私は男性とお話しした経験があまりなく、とても緊張していたけれど。

アレクシス様は、溜め息をつきながら少し冷たい声で言った。

「こんな危険な場所――そして俺のような男に嫁ぎたがる令嬢はいない。そちらからの申し込みだったが、嫌なら今からでも断ってくれて構わない」

「え……？」

「借金でもあるのか？　それか、何かの罰か？　無理やり嫁がされたのだろう？」

挨拶もそこそこに、アレクシス様はペラペラと続けた。まるで用意されていた言葉を紡ぐように。

「いいえ、違います」

「違う？」

けれど、私はそれを否定する。

「確かに姉とヴィラデッヘ様に決められた結婚でしたが、私の意志で来ました」

「君の意志で？　……なぜだ。ここは危険な場所だし、俺の噂を聞いたことがあるだろう？後悔しているなら今のうちに去るといい」

自分の噂をご存知なのね。知っているのに、否定はしないのかしら？

まるで私に帰ってほしいと思っているかのように、冷たく言い放つアレクシス様。

「確かにここは危険な地かもしれませんが、来てみないとどんな場所かわかりませんし、お会いしてみないとアレクシス様のこともわかりません」

「……君は、俺の噂を信じていないと？」

「噂というのは、大袈裟《おおげさ》に広がるものですから。この目で見てみなければ、真実はわかりません。それにアレクシス様は、私に何かしましたか？」

「は？」

「誰が何と言っていたとしても、私自身は何の被害も受けていませんので」

「…………」

「アレクシス様を恐れるのは、私があなたから恐ろしい目に遭わされてからです」

だって私にも経験があるから。今回のことも、私がカリーナに仕事を押し付けたことになっているし。

ヴィラデッヘ様はカリーナの言葉を信じたようだけど、事実は逆。

「……そうか。だが、多くの者は自分で体験せずとも他人の話を信じるものだ。それに、火種のないところに煙は立たないだろう？」

「意図的に火種を撒いた誰かがいるのかもしれません」

「……君は変わっているな」

自分の経験をもとに答えただけなのだけど、アレクシス様は戸惑いを含んだ表情で呟《つぶや》いた。

「君は聖女だと聞いている。こんなところに来ずとも、王都でもっといい相手と結婚することもできたはずだが――」

「聖女は、疲れました」

「――なに？」

「いえ、失礼しました。真の聖女は姉だったようです。私はただ治癒魔法が使えるだけで、真の聖女ではなかったのです」

「……そう、なのか」

「はい」

私の言葉に、アレクシス様は眉をひそめた。

危ない危ない。思わず「疲れた」と心の声を漏らしてしまった。

いくらスペアでも、私だって一応聖女。

これからはこの危険な地、ヴェリキーで聖女としてやっていくつもりなのに、誤解を生むところだったわ。

「……本当に君がいいのなら、俺は構わないが。まずは婚約期間を設けるし、結婚後でも離婚の手続きはスムーズに行えるよう尽力する。その後は君が今後困らない額の金も用意する」

「えっ」

「……なぜ驚く」

再び用意されていたかのようにそう言ったアレクシス様の言葉に、私は目を剥く。

「そんなことをすれば、次から次にあなたと結婚したいという方が押し寄せてしまうだろうなと思って……」

「そんな女性は来ない」

「なぜです？」

はっきりと言い切るアレクシス様に、私は首を傾《かし》げる。

こんなに素敵な方なのだから、引く手あまただと思うけど。

「いくら金に困っていたとしても、命を投げ捨ててまで来たいと思う貴族令嬢はいないからだ」

「命を投げ捨てる？」

「そんなことにはならないよう努めるが、みんなそう思っている。君以外の、みんながな」

「そうなのですね。……でも少なくとも私は、アレクシス様はきっと素敵な方なのでは、とこの数分で感じました」

「……は？」

思ったことを言っただけなのに、今度はアレクシス様が驚いたように目を見張り、口をぽかんと開ける。

……こんな表情もするのね。

「俺が、素敵？」

「はい。……？」

私、おかしなことを言ったかしら？

アレクシス様は眉をひそめて、まるで私に疑いの視線を向けているような表情をしている。

そんな険しい表情も、不思議と恐れは感じなかった。

そう思いながらまっすぐ見つめ返したら、アレクシス様はあからさまに動揺しているように視線を逸《そ》らした。

「……とにかく、俺は君が仕方なく嫁いできたのだとわかっている。だから、夫婦らしいことを望むつもりはない。この結婚に、愛はない」

気を取り直すように咳払いをして、また用意されていたかのような言葉を紡ぐアレクシス様。

「愛のない、結婚……」

「ああ、そうだ。もちろん寝室も別々だ。君はここで好きにしてくれて構わない」

「えっ」

「だから、なぜ驚く」

仕方なく嫁いできたわけではないけれど。でも今、好きにしていいと言った？

それは、どういうこと……？

私が一応聖女だから、辺境騎士団の団長であるアレクシス様と愛のない結婚をするのはわかる。これはある意味政略結婚。

けれど、好きにしていいというのは……よくわからない。私との縁談を受け入れてくれるのは、私が聖女の力を持っているからだと思っていたけど、その力を求められているわけでもなさそう？

「あの、好きにしていいというのは、具体的にはどういうことでしょうか？　一日のノルマが課せられるけど、それが終われば休んでもいいということですか？」

「はあ？　何のノルマだ？」

「これまで姉のスペアと言われてきましたが、私にも治癒魔法が使えます。回復薬も作れます。……ですから、騎士団の皆さんのお役に立てることがあるかと」

「気持ちはありがたいが、君に何かしてもらうつもりはない。俺たちはこれまでも自分たちの力でこの地を守ってきた。今更王宮や聖女に……、期待はしていない」

「ええっ⁉」

「……何だ、その反応は」

「失礼しました」

はっきりと言い切ったアレクシス様の瞳が、ぎらりと光った。

それはまるで私を……誰も寄せ付けないような、冷たくて悲しい輝きだった。

「だからこれからもそうする。君に何か困ったことや要望があればいつでも聞くが、それ以外は俺も忙しいから、構っていられないんだ」

「……わかりました」

もちろん、アレクシス様の邪魔をするつもりはない。

でも、今のアレクシス様の言葉が何となく引っかかる。

〝王宮や聖女に期待はしていない〟

彼は少し悲しそうな目でそう言ったけれど、私はこれまで国のためにたくさんの回復薬を作ってきた。

それはもちろん、この辺境騎士団にも届けられていたはずなのに……。

彼らは命をかけてこの地を魔物から守ってくれているから、そんなことは当たり前だと思っているのかしら？

……ううん。何となく、それとは違う違和感があった。アレクシス様は確かにとても冷たい雰囲気があるけれど、本質は違うような気がする。

もしかして、回復薬はこの地に届けられていなかったのでは――？

「……君もかわいそうだな」

「え？　かわいそう？」

「いや。話はこれで終わりだ」

あり得ない仮説が浮かんだとき。アレクシス様が独り言のようにぽつりと呟いた。

けれど問い返した私から目を逸らすと、話を切るように立ち上がり、執務机に戻っていった。

邪魔にならないよう、私はその部屋を出たけれど……。

本当に、私はここで自由にしていいの……？

扉の前で改めてそれを考え、ひとり胸を弾ませた。

＊＊＊

今日、王都から俺の妻となる女性がやってきた。

名前はモカ・クラスニキ。子爵家の次女で、彼女は治癒魔法が使える〝聖女〟だった。

ピンクブロンドの長くて美しい髪に、晴れた日の空を映したような青い瞳が印象的な、可愛らしい女性。

こんなご令嬢がなぜ俺のような男に嫁ぐため、たったひとりでやってきたのだろうか。

彼女を目の前にして、その疑問が膨れ上がった。

正直もう結婚は諦めていたが、王子から勧められた縁談をこちらから断ることもできなかったため、久しぶりに引き受けた。

しかし、どうせ彼女のほうにも何か理由があって嫌々やってきたのだろうと思っていた俺は、予定通りに用意していた言葉を並べてみた。

だが彼女は、『自分の意志でここに来た』と答え、更に『アレクシス様を恐れるのは、私があなたから恐ろしい目に遭わされてからです』と言った。

聖女は我儘で傲慢で、民や俺たち辺境騎士団のことはどうなってもいいと思っている、冷たい女性だと思っていた。

しかし彼女は俺の目をまっすぐ見つめて答えた。俺のことを、きちんと見て知ろうとしているのが伝わってくる、予想を裏切る反応を示した。

彼女が語った言葉が本心であるならば、彼女はとても変わった女性だ。

「――また彼女のことを考えているのか？」

「ノア」

その日の夜。書類仕事を片付けながらも、落ち着きなくモカ・クラスニキのことを考えている俺に、辺境騎士団副団長であるノア・ガウターが溜め息をつきながら言った。

「珍しいな、おまえが女性のことをそんなに気にするのは。彼女はそんなに美人だったのか？」

「違う！　……いや、美人であることを否定したわけではないが、そうではなく……」

「はは、俺も会いたかったなぁ。ちょっと街に出てる間に到着していたなんて。今から会いに行ってこようかな」

「彼女はもう部屋で休んでいる。また今度でいいだろう？」

「ぷっ……、冗談だよ。別に聖女様なんかに会いたくないし。だが、おまえのその怖い顔を見たんだ。今夜逃げ出すかもしれないぞ？」

「だから……、その様子がまったく見られなかったから、俺は驚いているんだ」

カラカラと軽く笑いながら、ノアは目尻を指で持ち上げて俺の顔真似（？）をした。

からかわれているのはわかっている。

ノアは俺と同い年で幼馴染の、優秀な騎士。いつも長い赤髪を頭上で結い上げている。

騎士団の中では華奢なほうだが、ノアを舐めてかかると痛い目を見る。剣の腕はまさに〝最強の騎士団〟の名に相応《ふさわ》しいものなのだから。

「それに、彼女は『聖女として役に立つ』と言ったんだ。彼女はスペアと言われていたようだが、治癒魔法を使えるし、回復薬も作れると」

「へぇ、それは驚いた」

「だろう？　俺を恐れて調子のいいことを言っているようには見えなかった……。俺が思っていた〝聖女〟とは、随分イメージが違う」

「おまえも噂されている男のイメージとは相当違うけどな」

「……勝手な噂など放っておけばいい。俺たちは俺たちの使命を果たすだけだ」

「そうそう。わかってくれる人だけ、わかってくれればいいというわけだ。おかげで面倒な縁談も来ないし、不幸になる女性をひとり減らせると思っていたわけだし？」

「……まぁ、その予定だったのだが」

しかし彼女はここに来てしまった。俺に嫁ぐために。

……かわいそうな娘だ。

跡取りは、いずれ親戚筋から養子をとればいいと思っていた。……いや、彼女と子供を作る気はないから、今もそう思っているが。

彼女はまだ、この地がどんなところなのかよくわかっていないのかもしれない。

きっとそのうち、「やっぱり帰りたい」と言い出すに違いない。

だからそのときのために彼女には指一本触れる気はないし、その後も不自由のないよう金を用意してある。

「まぁ、とりあえずいきなり泣き叫ぶような娘じゃなくてよかったな。案外本当におまえの妻になるつもりだったりして」

「……まさか」

くくく、と笑いながら紡がれたノアの言葉に、一瞬動揺する。

想像していた聖女は、とても我儘《わがまま》で傲慢な女。しかし、彼女は俺が想像していたような女性ではなかった。

まっすぐに俺を見つめ、明るくはきはきとしゃべり、期待に瞳を輝かせているように見えた。

――しかし、油断してはいけない。

彼女は〝聖女〟だ。俺たちがどんなに大変なときでも、大勢の怪我人が出たから至急回復薬が欲しいと求めても、まったく動いてくれなかった女だ。

今更「回復薬を作りましょうか？」なんて言われても、遅い。

「だが、どうして今更おまえに嫁ぎにきたんだろうな。何か罪を犯して、用済みにされたとか？」

「……さぁ」

彼女はもともと、第二王子のヴィラデッヘ殿下と婚約していたらしい。

だが殿下は姉のほうと結婚することになり、彼女との縁談話が俺のもとに来た。

今更聖女の片割れを寄越すなんてどういうつもりだと思ったが、〝治癒魔法が使える、一応聖女だから。彼女に癒やしてもらえ〟と、まるで物でも扱うかのように、ヴィラデッヘ殿下の手紙には書かれていた。

仮にも自分の婚約者だった女性への対応とは思えない、酷い言葉だった。

本当に、彼女が何か罪を犯したのだろうか……？

とてもそうは見えなかったが。

それに彼女は、〝聖女は疲れた〟とも言っていたな。あれは、どういう意味だろう？

辺境騎士団の助けを無視するような聖女が、疲れるほど働いていたとは思えない。

少しの労働でさえ耐えられなかったということか？

……いや、ならばこんなところに来るはずがない。

「ここでは好きにしていいと伝えたが、念のため様子を見る。君も何か気になることがあればすぐに報告してほしい」

「わかった」

なぜか楽しそうに口角を上げたノアに、俺は内心溜め息をついた。

日常が始まる

翌朝、いつもの癖で早く起きてしまった私は、いい匂いに誘われて調理場へ向かった。

「――おはようございます」

「たまごを取ってくれ！」

「あ～、まだ玉ねぎの皮剥いてないのかよ……！」

「そっち、もう沸いてるぞ！　早くしろ！」

「………」

朝食の支度をしていた騎士たちに挨拶をしたけれど、私の存在に気づいていないのか、返事は返ってこない。

「おはようございます……」

「おい、パンは焼き上がってるのか？」

「ああ、できてる」

「いいからこっち手伝ってくれよ！」

誰も私のことを見ない。

まるで無視されているようだけど、騎士たちはバタバタと忙しなく動いていて、とても忙しそう。

ならば――。

「おはようございます‼」

「…………」

すぅっと息を吸って、お腹から大きな声を出した。

すると騎士たちは一瞬ピタリと動きを止めて私を見た後、再び慌ただしく動き始めた。

「ちょっとこれ味見てくれないか？」

「うわ、焦げてるじゃん」

「これくらい大丈夫だろ」

「…………」

やっぱり私、無視されてる？

挨拶が返ってこなかったことに少しショックを受けたけど、きっと忙しいのよね？

わかるわ、邪魔をする気はないの。でも、本当に大変そう……。

知らない場所で、知らない人ばかりの辺境の地。騎士たちはみんな私より大きくて、屈強な人ばかり。

怖くないなんて言えば嘘だし、正直不安な気持ちもある。

このまま回れ右をして部屋に帰ろうかしら……。

一瞬そうも思ったけれど。

「あの……！」

勇気を出してもう一度声をかけると、ひとりの騎士があからさまな溜め息をついてこちらに顔を向けた。

「あのなぁ、聖女様だか何だか知らないけど、見てわからないのか？　俺たちは忙しいんだ。自分たちの食事は自分たちで用意しなきゃならないんだよ。だからあんたに構ってる暇はない」

他の騎士たちも怪訝《けげん》そうに顔をしかめている。

きっと私は場違い。

でも彼らの邪魔をする気はないし、お茶のお誘いに来たわけでもない。

「王宮でいい暮らしをしていた聖女様にはわからないだろうけど――」

「私にも何か、手伝わせてください！」

「……は？」

手伝うと言ったのがそんなに意外だったのか、騎士たちは目をぱちくりさせた。

「手伝うって……あなたが？」

「はい！　料理は不慣れですが、教えていただけたら少しはお力になれるかと」

「………」

そう言って腕まくりをした私を見て、彼らは不思議そうに顔を見合わせている。

「聖女様に一から教えている暇はない」

けれどひとりの方がそう言うと、彼らはそれに同意するように再び私から視線を外して慌ただしく動き始めた。

昼食時も夕食時も同じように調理場を訪れてみたけれど、やっぱり邪魔だというような視線を浴びるだけで、私にできることはなかった。

何もしなくていいというのは楽かもしれないけれど……私はこの新しい地での生活に、過度な期待を抱いていたのかもしれない。

聖女とはいえ、私は所詮用済みになったスペアの聖女。

命がけで戦っている辺境騎士団からしたら、私には自分が思っていたより価値なんてないのかも。

「はぁ～～～……」

部屋に戻った私は、大きなベッドにダイブして盛大な溜め息をついた。今までずっと忙しくしていたせいか、何もしないのは逆に落ち着かない。

働きすぎは疲れるけど、それを知っているからこそ少しは彼らを手伝いたい。

「……よし‼」

それでも翌日も早くに目が覚めた私は、そっと調理場に向かった。

「おはようございます……」

「そっちの人参も一緒に切っといてくれ！」

「今芋の皮を剥いてるから無理だ！」

「そこの鍋、目を離すと焦げるぞ！」

「わかってるって！」

「………」

今日も挨拶は返ってこない。でも、やっぱりみんな忙しそう。寝不足なのか、目の下には隈《くま》ができているし、あくびをしている人もいる。

本当に大変なんだわ……。

その姿を見ると、どうしても私にできることはないかしらと、考えてしまう。

「――おい、また来てるぞ」

「本当だ」

ひそひそと話すそんな声が聞こえたけれど、私がそちらに目を向けるとさっと逸らされてしまった。

「何かお手伝いできることがあったら言ってください……！」

「………」

それでもそう声だけはかけてみたけれど、返事はない。

……虚しい。やっぱり部屋でおとなしくしていたほうがいいのかしら。

でも――。

「おい、早くしろよ！」

「もう切り終わる、待て」

「あーあ、大きさバラバラじゃん……」

「仕方ねぇだろ、急いだんだから！」

本当に人手が足りていないのだと思う。野菜を切ったり、具材を煮込んで混ぜたりするくらいなら、私にもできるのに。

回復薬を作るときだって、薬草を切ったり煮たりしていたもの。

そう思いながら皆さんの動きを見て、私にも力になれることがないか考えた。


そして、また翌日。

「おはようございます」

今日も私は、朝早くに調理場を訪れた。でも今日は、昨日よりもっと早い時間に来たから、一番乗りだった。

「……また来たのか」

「お野菜の皮を剥いたり切ったりすることなら私にもできると思います！　それから、鍋が吹きこぼれないように見張るだけでも……！　皆さんのお邪魔はしませんので！」

誰よりも早く調理場で待っていた私を見て、騎士たちは相談するように一瞬顔を見合わせた後、

「……じゃあ、こっちに来てくれ」

「はい！」

三日目にしてようやく私の目を見ながら、応えてくれた。

それでも誰かが小さな声で「聖女様にできることなんてあるのかよ」と呟いたけれど。

今度は私が聞こえないふりをして、彼らの指示を受けながら朝食作りに参加した。


「おはようございます！」

「……おはよう」

朝食の支度が終わり、食堂のテーブルにお皿を並べていると、アレクシス様がやってきた。

彼は私の姿を見て一瞬顔をしかめる。

「何をしているんだ？」

「手が空いていたので、皆さんと一緒に朝食を並べています」

「君が？」

「はい。……どうしてそんなに驚くんですか？」

凛々しい眉をきゅっと寄せて、混乱の色を顔に浮かべているアレクシス様。

昨日も一昨日も、結局私は自室でひとり、食事をとった。

だから今日は私が食堂にいることに、驚いているのかしら？

「まぁまぁ！　団長、モカさんは手際がよくて本当に助かりましたよ！　それに、昨日も一昨日も朝早くに起きて自分にできることはないかと言ってくれて」

「なに？」

そんなアレクシス様に、一緒に朝食を作った騎士のティモ・ハンペさんが口を開いた。

ティモさんは薄茶色のやわらかそうな髪の毛と、蜂蜜色のキラキラとした瞳の、優しい人。

十八歳で私と歳が近く、騎士としてはまだまだ見習いだけど、料理が得意なのだとか。不慣れな私に色々教えてくれたし、とても話しやすかった。

「昨日も一昨日も早起きをした？　君は長旅で疲れていただろう？　それに、何もしなくていいと言ったはずだが」

「ええ、でも早く目が覚めてしまったので……。それに、大したことはしていませんよ。皆さんと朝食を作って、それを運んだだけですので」

「待て、朝食作りも手伝ったのか？」

「あ……手伝ったというほどでは……」

ここには騎士以外に働き手がいない。だから朝食担当の方たちは朝早く起きなければならなくて、とても疲れていたし、苛ついていた。

というか、ティモさんは元気なほうだけど、ここの方たちはみんな疲れて見える。

きっと人手が足りないせい。だから私にできることがあるならと、ほんの少しお手伝いしただけ。

でもあれだけで「手伝いました！」なんて偉そうに言えないわ。

「まぁまぁ、団長！　とにかく座って、食べてみてくださいよ！」

ティモさんはそう言うと、アレクシス様を席へ促した。

まだ何か言いたげだったアレクシス様だけど、言われた通り席に着いてスプーンを手にする。

そして野菜と鶏肉のホワイトシチューを一口食べると、大袈裟に目を見開いてぽつりと呟いた。

「……美味い」

「でしょう？　最後の味付けはモカさんがやってくれたんですけど、それだけで格段に美味しくなったんですよ！」

「本当に美味いぞ、これはどうやって作ったんだ⁉」

「どうって……お肉と野菜を炒めて煮込んだだけですよ？　あ、最後に余っていたというチーズを入れました。それがよかったのでしょうか」

「なるほど……このコクはチーズか」

私が、チーズが好きだから。入れたら美味しくなるかと思って入れてみた。

料理は不慣れだけれど、美味しくなったならよかったわ。

他の騎士たちもシチューを口にして「美味い美味い」とざわついている。

でもちょっと、大袈裟な気もするけど……。

「とにかくお口に合ったようでよかったです」

余計なことをするなと怒られるかと思ったから、気に入ってもらえたようで一安心。

「こっちのオムレツも美味い。それに、ふわふわで見た目も美しい」

「それは普通に作った、ただのオムレツですよ？　……あ、ほんの少しだけ、ミルクを入れたのがよかったのでしょうか？」

「なるほど……。こんなに美しくて美味しいオムレツは初めて食べた！　君は料理が上手いのだな」

「いいえ、そんな……」

とても興味深そうに頷《うなず》きながら食事をするアレクシス様。喜んでもらえているのなら嬉しいけれど、少し照れてしまう。

大袈裟ですよ、アレクシス様。

実家ではパンなどしか与えてもらえず、自分の食事は自分で作っていたけど、簡単なものしかできない。こんなに褒めてくれるなんて、きっとアレクシス様は優しい方なのね。

「いい匂いだな。あ、君がアレクの奥さんになる人？」

「え……？」

美味しそうに食べてくれているアレクシス様を見つめていたら、食堂にそんな声が響いた。

〝アレクの奥さん〟とは、つまりアレクシス様の妻になる予定の……私のこと？　そう思い声のほうを振り向くと、そこには赤い長髪を頭の高い位置で結い上げた、すらりとした細身の騎士が立っていた。

「ノア、いきなり失礼だろう」

「ああ、そうだな。俺はノア・ガウター。気軽にノアって呼んで。アレクとは幼馴染で、この騎士団の副団長をしている」

「モカ・クラスニキです。よろしくお願いいたします」

にっかりと笑って手を差し伸べられたので、小さくお辞儀をしてからその手を遠慮がちに取った。

すると手をぎゅっと強く握られて、私の身体は彼に引き寄せられてしまった。

「モカちゃん。可愛いね」

「え……？」

「ノア！」

ぐっと顔を寄せて、至近距離で見つめられたと思ったら、その囁《ささや》き。

ノアさんはとても綺麗《きれい》な顔立ちをしている。声も少し高めで美しく、男らしく凛々しいアレクシス様とはタイプが違う、中性的でまるで女性のような美形。

「ははは、アレクが焼きもちを焼いてる」

「焼きもち……？」

「いや、そういうわけではないが……、とにかく、彼女が困っているだろう！」

「そう？　モカちゃん。もしアレクが嫌になったら、いつでも俺のところにおいで？」

「……ええええっ⁉」

「あー、腹減った。今日の朝食はいつにも増して美味そうだな」

「今朝はモカさんが手伝ってくれたんですよ！」

「へぇ、そうなんだ」

「…………」

混乱と動揺でろくに言葉も紡げず脈を速めている私を置いて、ノアさんは何事もなかったかのように席に着き、ティモさんと話している。

……からかわれたのかしら？

「すまない、ノアは悪い奴ではないのだが」

「いいえ、平気です。気さくに話してもらえて安心しました」

「そうか……。そう言ってもらえるのならよかった」

アレクシス様は気にかけてくれたけど、私は本当に平気。

アレクシス様や皆さんが見ている前でやったということは、たぶん私は（アレクシス様も？）ノアさんにからかわれただけなのだろうし。

「君も座って。一緒に食べよう」

「はい、ありがとうございます！」

気を取り直したようにそう言ってくれたアレクシス様に頷いて、私も皆さんと一緒に食事をいただいた。

こんなに大勢での食事は、いつぶりかしら。

＊

アレクシス様や騎士団の皆さんは、とても忙しそうだった。

この地は魔物が出る、危険な地。そのため、数人の騎士たちが交代で警備にあたるし、料理や掃除、洗濯などの家事も自分たちで行っているようだ。

けれど危険が伴う辺境騎士団は、もともとの人数が多くはない。

だからみんな、休みらしい休みは取れていないようだし、とても疲れているように見えた。

「――アレクシス様、少しよろしいでしょうか」

「どうぞ」

その日私は、アレクシス様の執務室を訪ね、願い出た。

「森に行って、薬草の採取をしてきたいのです」

「……薬草？」

「はい。回復薬を作るために」

ここには、聖女（私）が作った回復薬はひとつもなかった。食事の片付けをしながらティモさんに聞いた話によると、ここ数年聖女の回復薬が届いたことはないらしい。

私は王宮を出るギリギリまで、毎日たくさんの回復薬を作ってきたというのに。

一番必要であるべき場所に届けられていなかったなんて……。

騎士たちが私に冷たい態度を取った理由は、もしかしてそれ？

回復薬の管理はヴィラデッヘ様が任されていたはずだけど、一体どうしてかしら？

「君が回復薬を作るのか？　なぜだ。怪我でもしたのか？」

「私が使うのではありません。騎士団の皆様用に、作りたいのです」

「………………」

スペアとはいえ、せっかく聖女である私が来たのだから、これくらい当然のことのような気がする。というか、私は最初からそのつもりで来たのに、アレクシス様はまた大袈裟に驚いた顔を見せた。

「……誰か、大怪我をしたのか？」

「そうではありませんが……。ここは、その可能性が大いにある場所ですよね？　ですから、回復薬があるにこしたことはないはずです。それに、皆さん疲れています。私の回復薬は怪我を治すだけではありません」

そう。聖女の回復薬は貴重なものだから、一般的には疲れたくらいで使用されるものではない。けれど疲労回復効果でいえば、どんなものよりも抜群に効く。

高位貴族の中には、怪我や病気をしていなくても高値で回復薬を購入し、三日三晩寝ずに豪遊した者もいると聞いたことがある。

もちろん私はそんな使い方をするくらいなら、病気や怪我で苦しんでいる民や、こうして危険な場所で働いている騎士たちに使ってもらいたいと思っているけれど。

「いくら聖女でも、回復薬は簡単に作れるものではないだろう？　それに君は、『聖女は疲れた』と言っていなかったか？」

「確かに言いました……。ですが、無理のない範囲でなら、可能です」

王宮では、毎日毎日、一日の魔力が尽きるまで働いた。それはもう、私が回復薬を飲みたくなるほど、疲労していた。だからあまり偉そうなことを言えないのは事実だけど、だからって何もしなくていいとは思っていない。

でも、そんな考えは甘いかしら。騎士たちはみんな、命をかけて働いてくれているのよね？　それなのに私は「無理のない範囲で楽をして作ります」なんて、やっぱり失礼だったかしら……。

「……私が間違っていました」

「そうだろう。ありがたい申し出だが、無理をする必要は――」

「私なりに、精一杯やらせてください‼」

「……は？」

そう思い直し、背筋を伸ばして伝えたら、アレクシス様はまた眉根を寄せて困惑の表情を浮べた。

＊

「――すみません、ノアさんもお忙しいのに」

「団長命令だからね」

その日の午後。私は早速騎士団の城砦裏に広がっている森へ、薬草採取に出かけた。

私の提案に対して困惑顔のアレクシス様だったけど、護衛をつけてならいいということでお許しが出た。

そこで、一緒に来てくれたのはノアさん。遠くへは行かなくても魔物が出ることもあるらしいから、ノアさんが付き添ってくれることになったのだ。副団長であるノアさんもとても忙しいというのに、急な護衛役を引き受けてくれた。

「本当にごめんなさい、すぐに済ませますので……！」

「冗談だよ。焦らなくていい。本当に回復薬を作ってくれるというのなら、それを飲めば寝ずに働けるんだろう？」

「……そうですけど、睡眠はちゃんと取ったほうがいいと思います」

皆さんが元気になるように回復薬を作るつもりだけど、だからって寝ずに働けばいいとは思わない。

辺境騎士団の皆さんは、どこか暗いオーラのようなものをまとっている。

個人個人、こうして話をする分にはそこまで気にならないのだけど、騎士団全体が、まるで本当に呪いにでもかけられているような――。

「あ、薬草。あれじゃないか？」

「そうです！　ありました！」

魔物が住まうこの森にも、必要な薬草が生えているか少し不安だった。

けれど、聖女が作る回復薬ほどではなくても、怪我をしたときはこの薬草を煎じて傷薬として使っていたと、ティモさんも言っていた。

「ちゃんとあって、よかったぁ……」

この森に生えていると聞いてはいたけれど、ほっと胸を撫《な》で下ろして薬草を根元から綺麗に掘り起こし、採取していく。

「……手伝うよ」

「ありがとうございます」

そうしていると、その様子を見ていたノアさんも腰を下ろして薬草の採取を手伝ってくれた。

ノアさんも優しい方なんだわ。この方たちのために、私もできることをやりたい――。


ふたりで大量の薬草を持ち帰り、私は早速お借りした部屋にこもって回復薬作りを開始した。

この部屋は、これまでも傷薬の調合などに使用していたらしく、必要な道具が揃《そろ》っている。

「よし、とりあえずこれでいいわね！」

小さく切った薬草を鍋で煮て、聖女の魔力を注ぐ。

聖女が作るものでも、その注ぐ量次第で効果を変えることができる。

大怪我や大病も治せるような上級回復薬を作るのは、私でもさすがに大変。

だから量産できるものではないけれど、まずは下級回復薬をたくさん作ろうと思う。

「これを飲んで皆さん元気になってもらいましょう……！」

下級回復薬でも、一度飲めば元気になるはず。

これまで王宮で毎日大量に作っていたものだから、私にとっては着替えるよりも簡単にできる。

〝どうか皆さんが元気になりますように――〟

そう祈りながら、鍋に魔力を注いだ。

「――もうこんなに作ったのか？」

「はい。これは下級回復薬ですが」

その日の夕食後。私は食堂に集まっている騎士たちに、小瓶に入れた回復薬を渡していった。

「本当に作ってくれたんだな……」

「そんなにすごいものではないですけどね」

アレクシス様は相変わらず驚いている。

でも私は一応聖女なのだから、下級回復薬を作ったくらいで偉そうにはできない。

「栄養ドリンクだと思って、よかったら飲んでください」

「…………」

皆さんは、これが本当に聖女の回復薬なのかと疑っている様子。互いに顔を見合わせて、「どうする？」というような顔をしている。

それも仕方ないわよね……。私はまだここに来て日が浅いから、皆さんからの信頼を得ていない。

騎士のような高位の方が、知らない女がひとりでこっそり作ったものを簡単に口にしないのは、当然のこと。

どうしたら信じてもらえるかしら……。

「せっかくだから、いただきます」

そう悩んでいたら、最初に回復薬を飲んでくれたのはノアさんだった。

彼は一緒に薬草を採取した人だし、これが本当に回復薬だと信じてくれたのね。

「……すごいな、本当に疲れが消えた」

くっと、小瓶に入った回復薬を一気に喉へ流したノアさんは、一呼吸置いてそう呟いた。

ノアさんに続いて回復薬を飲んでくれたのは、いつも私と一緒に料理を作っている騎士たち。

彼らにも、少しは私を信用してもらえたのかもしれない。

「……確かに、疲れがなくなったぞ」

それを聞いた他の騎士たちも、おそるおそる、という具合で回復薬を飲んでいく。

「……本当だ、身体から力が溢《あふ》れ出るようだ」

「これが、聖女様の回復薬」

「まるでぐっすり眠った後のように爽快な気分だぞ！」

「そうそう、さっきまでの疲労感がまるでない！」

仲間が元気になっていくのを見て、その場にいたみんなが回復薬を飲んでくれた。

まだこの場にいない方もいるし、何となく、全体を覆っている暗いオーラのようなものが消えたわけではないけれど……。

疲労が回復したのなら、本当によかった。

「ありがとうございます、モカさん！」

「よかったわ……でも皆さん、今夜もちゃんと睡眠を取ってくださいね」

「……あなたが聖女様というのは、本当だったんですね」

その中で、ひとりの騎士がぽつりと口を開いた。

彼は朝食担当の騎士。私がここに来たばかりの頃も朝食作りをしていたけれど、とても疲れていて、苛ついていた。

「俺はあなたのことを誤解していました。聖女様は俺たちを見捨てたのだと……でもあなたは違う。いつも一生懸命料理を手伝ってくれるし、手際もとてもいい。あんな動き、これまでも聖女として忙しく働いていなければできない」

「俺もです……。初日に冷たい態度を取ってすみませんでした」

「俺も、無視してすみません」

彼を筆頭に、一部の騎士たちが謝罪の言葉を口にして私に頭を下げた。

「いいえ！　いきなりやってきた私をすぐに信用できないのは当然のことです。どうか顔を上げてください！」

「こんな俺たちのために回復薬を作ってくれるなんて……本当にありがとうございます」

彼らは感謝してくれるけど、これまで本当に大変な思いをしていたのは事実。

王宮にいながら、聖女でありながら……私は彼らの助けになるようなことが何もできなかった。

だからこれからは、彼らのために私にできることを精一杯やらなければ。

「団長、本当に素敵な人がお嫁に来てくれてよかったですね！」

「……ああ」

騎士たちが元気になってわいわい騒ぐ中、アレクシス様だけは険しい表情で私をじっと見つめている。

「アレクシス様も、よかったらどうぞ」

「……なぜだ」

「え？」

「頼んだわけでもないのに、なぜこんなことをしてくれた？　望みがあるのなら、聞くというのに」

「望み……」

アレクシス様の金色の瞳が、鋭く私に向けられる。アレクシス様は、私が見返りを求めて回復薬を作ったと思っているのかしら?

「私はただ、皆さんに元気になってほしいと思っただけです。働き詰めの大変さはわかりますし、私は一応、聖女なので」

「それは、どういうことだ?」

「聖女の務めは、国のために頑張ってくれている方たちの力になることです。私は辺境騎士団を癒やしてやれと言われて、ここに来ました」

これまでの労働は本当に辛かった。国のためと思って頑張ってきたけれど、もう限界だった。王宮での聖女の務めは姉ひとりで十分だと言われて、私はアレクシス様に嫁ぐために辺境の地へやってきた。

ここは危険な場所ではあるけれど、これまでの状況に比べたらまさに天と地ほどの差がある。

アレクシス様は私を気遣ってくださる優しい方だし。

もう十分休ませてもらったのだから、聖女としての役目は果たさないと。

「ですから、これくらい当然のことです」

そもそも、まだ下級回復薬しか作っていない。これからちゃんと、上級回復薬も作らなければと思っているくらいなのに、これくらいで感謝されて調子に乗ってはいけないわ。

「それは、君の本心だろうか」

「はい」

「では君は、王宮にいた頃も聖女としての役目をまっとうしていたと？」

「そのつもりです」

「……そう、か」

私の答えを聞いて、アレクシス様は視線を落とした。

そして何か考え込むように黙ると、ふと席を立って、もう一度私を見つめた。

「ありがとう。今回のことは君に心から感謝する。今日はゆっくり休むといい」

そう言うとアレクシス様は回復薬の入った小瓶を握りしめて、ノアさんとともに食堂を出ていった。

＊＊＊

「――ノア、君はどう思う？」

「何が？」

「彼女のことだ。モカ・クラスニキ嬢」

ノアとともに執務室に戻った俺は、早速彼女のことを聞いてみた。

ノアは何の話かわかっているくせに、わざとらしく「ああ」と短く返事をすると、どかりとソファに座った。

「本当に可愛いよね」

「……そういうことを聞いているのではない」

「妬くなって。まぁ、本当にいい子だと思うよ。薬草を採りにいったときも一生懸命だったし、ここに来た翌日から朝早く起きて朝食作りを手伝おうとしてたんだって?」

「ああ……そうらしいな」

「ティモにも聞いたが俺も見たよ、夕食前にも彼女がずっと調理場の前にいるところ。何してるのかと思ったけど、彼らの動きを見て自分にできることがないか考えていたらしいな」

ノアは小さく笑って続ける。

「彼女が王宮で重労働を強いられていたのは間違いないだろう。あれが演技だとは思えないしね」

「……だよな」

まだほんの数日しか彼女のことを見ていないが、それでもわかる。

彼女が俺たち辺境騎士団の助けを求める声を無視したとは思えない。

それに、王宮にいた頃も聖女として回復薬を作っていたはずだ。要領よくてきぱきと動けるのは、これまでも忙しく働いていた証拠なのだから。

ではなぜ回復薬は俺たちのもとに届けられなかったのだろう。まさか俺たちは、聖女ではなく国から見捨てられたのか……?

「モカちゃんは、俺たちが助けを求めていたことすら知らないんだろう？」

「おそらくな」

「モカちゃんの元婚約者って、第二王子のヴィラデッヘ殿下だったよな？」

「そうだ。現在は彼女の双子の姉と婚約している」

「あーあ。これはいよいよきな臭くなってきたな」

「…………」

ノアは苛ついた様子で声を荒らげた。言いたいことは俺にもわかる。

彼女は聖女でありながら、呪われた騎士団長の、俺に嫁ぐよう言われた。

そして護衛をひとりも連れずにやってきた。

この騎士団は、国から見放されている。

つまり――。

「彼女も見捨てられたのだろうか……しかし、なぜ」

あんなに一生懸命で、聖女の力もあるというのに。

彼女は俺たちを癒やすよう言われたと言っていたが、本当にそのために俺に嫁がされたわけではないだろう。それにしては扱いが粗末すぎるのだから。

「何か裏がありそうだな」

「調べてみるか」

「ああ……」

ノアの言葉に頷いて、俺は手のひらの中の彼女が作ってくれた回復薬を見つめた。

もちろん、飲んでも安全なものか疑っているわけではない。

俺は人より体力があるためか、みんなに比べればまだ元気だ。だからこれは、必要なときのために大切に取っておこうと思う。

いくら彼女が聖女だとしても、これは簡単に作れるものではないだろうから。

聖女はこちらが頼んでも回復薬を作ってくれない傲慢な女だと思っていたが、事実は違ったようだ。

彼女には、本当に感謝しなくては。

「……何か礼をしなければな」

「礼？」

「彼女は見返りを何も求めなかったが、聖女の回復薬はとても価値のあるものだ」

「まぁな」

「値段を付ければとても高値で取り引きされる」

「そうだな」

「価値に見合った金銭を支払ってもいいが、彼女はそれで喜ぶと思うか？」

「いや……、どうかな」

ノアは俺の話を真面目に聞いているのだろうか。先ほどから適当に返事をされている気がする。俺は真剣に相談しているつもりだというのに。

「……そうだ、何か贈り物をしてみよう」

「え？　おまえが彼女に贈り物を？」

ぽつりと呟いた言葉に、ノアはようやく反応を示して眉をひそめた。俺が女性に贈り物をしようというのがとても意外らしい。

「俺たちは結婚する仲だ。こんなところに来てくれた彼女に、婚約者として何か贈り物をするのが礼儀ではないか？」

「……好きにすればいいんじゃないか？」

「女性はどんなものをもらったら喜ぶのだろう……」

「知るか。俺に聞くなよ？」

「わかっている」

この辺境騎士団の者たちは、ほとんどが未婚で婚約者もいない。

それはノアも同様だし、彼はこの先一生、誰とも結婚するつもりはないと言っている。

「……まぁ、一般的には、バラの花とか、アクセサリーがいいんじゃねぇか？」

「ふむ……」

いつも以上に口調を荒らげ、溜め息をつきながらそう言って足を組むノア。

昔の、嫌な記憶を思い出させてしまったのかもしれない。そんなつもりは本当になかったのだが……申し訳ない。

モカ・クラスニキ嬢――彼女は少し変わっている女性だ。

しかし、こんな辺境の地にひとりでやってきて、不安な気持ちが少しもないとは思えない。

彼女が喜んでくれる贈り物は、何だろうか――。

少しずつ縮む距離

私がこの地に来て、数週間が経った。

その日の夕食後、アレクシス様に呼ばれた私は彼の部屋を訪れた。

いくら自由にしていいと言われたからって、勝手に回復薬を作って配ったりするなんて、やりたい放題しすぎたかしら……。

もしかしたら、注意を受けるかもしれない。

アレクシス様の恐ろしいほどに冷たい表情を思い出し、私はドキドキと緊張する胸を抑えて、背筋を伸ばした。

「——今日も君が料理を作ってくれたらしいな」

けれど開口一番、そんなことを口にしたアレクシス様に、私の身体から力が抜けていく。

案外、怒っていないみたい。

私たちは夫婦になる予定だけど、普段、用がないかぎりこうして顔を合わせて話すことはあまりない。

アレクシス様は騎士団長として、とても忙しくされている。

私も日中は回復薬作りをしたり、騎士たちの邪魔にならないよう気をつけながら、お料理やお掃除などの家事を手伝ったりしている。

「これまで料理はあまり作ったことがなかったのですが、教えてもらったら楽しくて」

自分好みの味付けにできるから、私が作ったら私が美味しいと思えるものが完成する。だから、料理をするのがすごく楽しい。

それに、今では皆さんも「助かります」と言って喜んでくれるし、回復薬を飲んで疲れが取れたからか、苛ついてもいない。以前より余裕を感じる。

他の騎士たちも「美味しい」と言いながら食べてくれるから、すごく嬉しい。

やっぱり人に喜んでもらえることは、単純に嬉しいものだわ。

「それだけではなく、洗濯や掃除も手伝ってくれているらしいじゃないか」

「そんな、手伝ったと言えるほどのことはしていませんよ。回復薬作りの息抜きに、少しやり方を教えてもらっただけです」

「……だから、それがとても助かっているんだ」

「え？」

「君は何もしなくていいと言っただろう？　ただでさえ毎日回復薬を作ってくれているというのに、家事まで手伝ってくれるなんて。君は働く必要なんてないんだぞ？」

「働いているつもりはないのですが……」

毎日回復薬を作っていると言っても、まったく無理はしていない。これまでの聖女の仕事に比べたら本当に楽で、むしろ命がけで戦ってくれている騎士たちに申し訳ないくらい。

魔力を使わなくても掃除はできるけど、魔法でやってしまったほうが早いし楽。

だから、忙しい騎士たちが交代で掃除や洗濯をしているのを見て、暇な私が息抜きに魔法を使ってお手伝いさせてもらっているだけ。

たとえば、浄化魔法で汚れを消したり、ほこりを払ったり。

回復薬を作るよりも魔力を消費しないし、せっかく私は人より魔力が多いのだから、これくらい全然平気。

なのだけど、皆さんとても喜んでくれるから、私が嬉しくなってしまうくらい。

「……まぁ、君が辛くないのならいいが」

「全然辛くありません！　むしろとても楽しいです‼」

家事をしている時間が、唯一皆さんとお話しできる時間。これまで王宮では、独りぼっちでひたすら聖女の仕事に追われていた。

だから、誰かとおしゃべりしながら料理やお掃除をする時間が、私は好き。

できればその時間はなくなってほしくないわ……。

そう思って元気よく答えると、アレクシス様は面食らったような顔をした。

「君はこれまで、どれだけの労働を強いられてきたんだ……」

「？」

小さく溜め息をついてそう呟いたアレクシス様は、気を取り直すように私を見据える。

「とにかく、これを君に」

何かしら？

隣に置いてあった箱を私に差し出し、言葉を続けるアレクシス様。

「俺は女性の好みに疎《うと》く、君がどんなものをもらったら喜ぶのかまったく見当がつかなかった。だが、ここには君と親しい者もいないし、寂しくしているのではないかと思って……」

「まぁ」

アレクシス様から受け取った箱を開けると、そこには犬のぬいぐるみが入っていた。

黒くて、毛艶のいい、キリッとした瞳がどこか格好いい、おすわりをした犬のぬいぐるみが。

「だがやはり、子供っぽかっただろうか？　本当は花や宝石のほうがいいのだろうな。しかし君の好みもわからないし、俺はそういうセンスがなくてだな……」

「とっても嬉しいです！」

「……え？」

「なんて可愛らしいのでしょう！　それに抱き心地がよくて、気持ちいいです！　大切にします！」

「………………」

ぎゅっと抱きしめてみると、私の胸の中にちょうどよく収まる大きさだった。

男性からプレゼントをもらうなんて、いつぶりかしら？

昔はヴィラデッヘ様から、ドレスやアクセサリーを贈られたことがあったけど。

でもあれは、従者が選んだものを形式的にヴィラデッヘ様がくれただけだった。

これはアレクシス様が選んでくださったのよね？

一般的な女の子が好んで選ぶような可愛らしいわんちゃんではないけれど、何となくアレクシス様に雰囲気が似ている気がする。

……なんて言ったら、怒られてしまうかもしれないけど。

アレクシス様は一見怖そうに見える方だけど、プレゼントにぬいぐるみを選んでくれるなんて……！

とても意外だし普段のイメージとのギャップを感じるけれど、きっと心の優しい方なんだわ。

その姿を想像して、思わず頬《ほほ》が緩んでしまう。

「そうだわ！　この子の名前は、アックンなんてどうでしょう？」

「ア、アックン？　……君の好きにしていいが……」

「ありがとうございます！　よろしくね、アックン！」

「…………」

そう言って、私はアックンをもう一度ぎゅっと抱きしめた。

それを見たアレクシス様は、なぜか頬を赤く染めて照れくさそうに視線を逸らしている。

ちょっと似ているとはいえ、アックンとは、アレクシス様のことではないのだけど。

……どうしたのかしら？

「とにかく、無理はしないでくれ」

「はい！」

無理なんて、まったくしていない。

これまでは聖女というプレッシャーに押しつぶされそうになりながら、睡眠時間を削って仕事をしていた。

私のほうが倒れる寸前だった。

でもここでは誰も私に期待していないし、アレクシス様には「好きにしていい」と言われているから、とても気が楽。

それに私がここに来た頃と比べると、皆さんとても元気で明るく、よくしゃべってくれるようになった。

私がここに馴染めてきたからというのもあると思うけど。本当によかったわ。

「それから、これからは時間が合うかぎり、ともに食事をしようと思うのだが……どうだろうか？」

「え？　アレクシス様とですか？」

「ああ、俺たちは結婚する予定だ。もちろん、君が嫌になったらいつ出ていってくれても構わないが、俺は食事のときくらいしかゆっくりする時間がない。だからせめて、食事中だけでも顔を合わせて話ができたら、と」

「まぁ……、それはとても素敵ですね！」

婚約者の方と一緒に食事をするなんて。

ヴィラデッへ様とも、私は数えられる程度しか一緒に食事をしたことがない。

でも、アレクシス様は時間が合うかぎりお食事に誘ってくださるなんて、嬉しいわ。

私はいくらでも時間を合わせられるから、アレクシス様さえよければ、毎日一緒に食事ができるのね。

「……随分嬉しそうだな」

「はい！　アレクシス様もここにいる皆さんも、想像していたよりもずっと素敵な方たちで、私はとても嬉しいです！」

「……えっ」

〝呪われた騎士団〟と、その恐ろしい団長様とは、誰のことかしら？　そう思ってしまうほど、ここは噂とは全然違うものだった。

やっぱり噂というのは、大袈裟に広まっていくものなのね。

アレクシス様からのプレゼントとお誘いがとても嬉しくて、思わず心のままに本心を口にしてしまったけれど。アレクシス様は驚いたような顔をしたまま固まっている。

「あっ、私、失礼なことを……」

「いや、違う。俺のほうこそ君に失礼なことを言ってきた……」

「え？」

「とにかく、これからは食事をともにしよう」

「……はい！」

ぶつぶつと何か呟いてから、気を取り直すように咳払いをして。威厳のある声でそう言ったアレクシス様に、私はこれからの生活に期待して返事をした。

＊

それから私とアレクシス様は、毎日一緒に食事をするようになった。アレクシス様が仕事で時間が押す日は、私が待っているようにした。

「――すまない、遅くなってしまった。こういう日は先に食べていていいんだぞ？」

「いいえ。私がアレクシス様と一緒に食べたかったので」

「……そうか、ありがとう」

団長職はとても忙しい。たぶん、食事の後もまた仕事に戻るんだと思う。

アレクシス様はもともと体力があるからか元気に見えるけど、働きすぎで少し心配。

私が作った回復薬も、「いつかのために」と取ってあるみたいだし。

「今日の料理も、とても美味い」

「うふふ、ありがとうございます。今日はお肉と一緒に香草を入れて焼いてみました」

「なるほど……この香りはそれか」

アレクシス様は、私が少しだけ手伝った料理を、いつも美味しそうに食べてくれる。

私も、そんなアレクシス様が少しでも元気になってくれたらと思いながら、気持ちを込めて仕上げをさせてもらっている。

「外はこんがり焼けているのに、中はとてもやわらかく、ジューシーだな」

「火加減を途中で変えてみたのです」

「なるほど……。君は本当に料理が上手いんだな」

「いいえ。ただ皆さんと楽しく作っているだけです」

私は、アレクシス様が喜んでくれるお顔を見るのが好き。

だってアレクシス様は、やっぱり怖そうな見た目に反してすごく優しくて可愛らしい方なんだもの。

もっと、もっとアレクシス様の色んな表情が見てみたいわ。

「しかし、いつもこんなところにこもってばかりいては退屈だろう？　今度街を案内しよう」

「まぁ、よろしいのですか？」

「ああ。俺が一緒に行くから、危険な目には遭わせない」

私が気にしたのはそういうことではないのだけど……。

驚いて声をあげた私に、真っ先にそう言ってくれるアレクシス様は、やっぱり優しい方だと思う。

「とても嬉しいです。ですが、アレクシス様はお忙しいのでは……？」

「一日くらい時間は取れる。もちろん、君が俺と出かけるのが嫌でなければだが」

「嫌なはずありません！　ぜひ行きたいです!!」

「……そう、か」

そこだけは誤解のないよう身を乗り出す勢いで力強く答えると、アレクシス様の頬がほんのり赤く染まったように見えた。

……少し興奮しすぎてしまったわね、淑女らしくなかったかもしれない。

でも、アレクシス様とお出かけできるなんて本当に嬉しい。最近は少しずつ話をする機会も増えてきたし、きっと楽しいデートになるわ。

……デート？　いやいやいや、私ったら何を考えているのよ……！

これは別にデートというわけではないのに……!!

そう、アレクシス様はただ、この地を案内してくれようとしているだけ。私たちは本当の夫婦になるわけではないのだから、変な期待をしてはだめよ！

凛々しく、とても頼もしく見えるアレクシス様にちらりと視線を向けながら、私はひとり静かに深呼吸をして心を落ち着けた。

……でも、話せば話すほど、アレクシス様がとても優しい方だとわかる。もっともっと、私はアレクシス様のことが知りたい――。

街デート

それから数日後。午前中に仕事を片付けたというアレクシス様と一緒に、街へ出かけることになった。

「アレクシス様、本当にご無理されていませんか？」

「無理などしていない」

ふたりで馬車に乗り込んだところで私がそう尋ねたのには、訳がある。

出際に、ノアさんが意味深に微笑《ほほえ》みながら「後は任せてゆっくりしてこいよ」と言っていたから。

それを聞いたアレクシス様は、少し焦ったように「すぐに戻る！」と答えていた。

忙しいはずの団長様自ら街を案内してくれるなんて……。やっぱり、本当はお仕事が溜まっているのに無理をして予定を入れてくれたのではないかしら。

「本当に大丈夫だ。君は何も気にする必要はない」

「はい……」

私が不安そうな顔をしたら、アレクシス様にかえって気を遣わせてしまうわね。

こう言ってくださっているのだから、ここは素直に頷いて、街を少し見たらすぐに戻ればいいんだわ。

「お忙しいのに、お時間を作ってくださりありがとうございます」

「いや、俺も楽しみにしていた」

「え？」

「その……、街に行くのは俺も久しぶりなんだ。それに、時々様子を見に行くのも仕事の一環だしな」

「そうなのですね」

それを聞いて、少しほっとした。お仕事のついでに私を案内してくれるということだったのね。

けれどそれを言った後、なぜだかアレクシス様は「そうではないだろう……！」と独り言のように呟いて、顔を背けてしまった。

表情は窺《うかが》えないけれど、耳が赤い気がする。

……どうしたのかしら？

馬車が到着すると、アレクシス様は先に降りて手を差し出してくれた。

「どうぞ」

「ありがとうございます……」

アレクシス様の手は、大きくて少しごつごつしている。

いつもこの手で剣を握って、戦ってくれているのね。とても騎士らしい、たくましい手。

そんな手に、私はドキドキしながらもありがたく掴《つか》まらせてもらった。

「馬車はここに停めて、少し歩こう」

「はい」

魔物が出る危険な地域なだけあって、やはり人は少ない。それでも大通りまで行くと、お店や道行く人々も増えてきた。

「ここが、ヴェリキーの街……」

「ああ。魔物さえ出なければ、特産品も多くいいところなのだが」

「そうなのですね」

出店に並べられているのは、王都では珍しい果物や野菜。

騎士団での食事でもよくこういう食材が使われている。

王都で食べたらとても高価なものだけど、ヴェリキーでは気軽に食べられるし、とても新鮮で美味しい。

「……しかし、今日はいつもより人が少ないな」

「そうなのですか？」

「ああ、いつもはもう少し賑わっているのだが……」

そうなのね。何かあったのかしら？

「ぜひ君に食べてもらいたいと思っていた串焼きの露店も休みのようだ」

残念そうに呟くと、アレクシス様は近くで果物を売っている店主の男性に声をかけた。

「今日は休んでいる店が多いようだし、客も少ないな。何かあったのか？」

「ええ……実は数日前から、たちの悪い風邪が流行っているようで……」

「たちの悪い風邪？」

そう答えた店主も、口元を押さえてゴホゴホと咳をした。

私は医者ではないけど、これまで聖女としていくつもの病を見てきた。

ただの風邪程度ならば聖女の治癒魔法が使われることはないけれど、今の咳の仕方は肺を病んでいた人と同じだ。

「あなたも具合が悪そうですね？」

「私は大丈夫ですよ。それより、仕事をしないと……ゴホッ、ゴホッ」

「医者には診てもらいましたか？」

「いいえ……。今は医者も忙しくて、診てなんてもらえませんよ」

「…………」

そんなに患者が多いのかしら？

これはただ事ではないかもしれない——そう思ってアレクシス様と目を合わせたとき、大きく咳をした店主がその場にうずくまるように座り込んだ。

「ゴホッ……、ゴホ……ッ」

「大丈夫ですか⁉」

すぐに駆け寄り身体を支えると、高熱があることがわかった。

「すごい熱……！」

「これは本当にただの風邪か⁉　すぐ医者のところへ連れていこう――」

「お待ちください」

アレクシス様が店主に手を伸ばしたけれど、そっと声をかけて私が店主の手を握った。

「……何をする気だ？」

「…………」

大丈夫。これくらいの病気なら、簡単に治せそう。

熱くなった店主の手を握りながら、私は目を閉じて祈った。

〝この者の病を癒やして――〟

そして手から自分の魔力を流し込むようイメージして、彼の身体をむしばんでいる悪い病気を治癒する。

王宮でも、お金持ちの高位貴族たちが病気になったとき、こうやって治した経験がある。

「……あれ？　身体が楽になった……？」

「よかった。胸も苦しくありませんか？」

「はい……あの、私に一体何が……？」

店主は何が起きたのかわからないと言うような顔で混乱している様子。

「私は治癒魔法が使えるのです」

「治癒魔法……!?」

「もしよろしければ、他の病気の方たちのところへ案内していただけませんか？」

「も、もちろんです……!!」

すっかり元気になったらしい店主は立ち上がると、何度もお礼の言葉を口にした。

「すみません、アレクシス様。少しお時間をいただいてもよろしいでしょうか？」

「もちろんだ。しかし、君は大丈夫なのか？」

「？　はい、私は全然」

「そうか……」

お忙しいアレクシス様がせっかく街を案内してくれる予定だったのに、申し訳ないけれど。

でも、街の人たちの安全と健康を守ることも、領主としての務めよね？

なぜか私の心配をしてくれたアレクシス様に頷いて、私たちは同じ病にかかっている方たちが集められた療養所に案内してもらった。

そこには、たくさんのベッドで苦しそうに咳をして寝ている患者さんが大勢いた。

中には小さな子供や、老人もいる。

「領主様……！　こんなところにわざわざ来てくださるなんて」

忙しそうに患者を診ていた医師がこちらに気づくと、アレクシス様を見て飛んできた。

「いや……このような状態になっていたとは……」

「ええ、数日前から突然流行りだしてしまって。……ああ、うつるといけませんので、こちらへ」

「大丈夫だ。それより、なぜもっと早く言わなかったんだ。俺たちが力になるというのに」

「……本当は、聖女様の回復薬でもあれば、ここまで蔓延せずに済んだのでしょうが……どうせそんなことは望めませんから」

「……！」

聖女の回復薬は望めない……？　どうして？

アレクシス様の言葉に、医師は落胆の色を浮かべた。そのお顔からは疲労が溜まっていることが窺える。

私はこれまでずっと、王宮にこもって仕事をしていた。

直接病を治してほしいとやってくる高位貴族は、お金の力で一流の治療を受けられるし、高価な薬を買える者ばかりだった。

でも、先ほどの店主も、この方たちも。聖女の回復薬はもちろん、高価な薬すら手に入れることができないのね。

私が作る回復薬がどんな方たちに使われているのか、その顔を見ることはできなかった。

でも、こうして苦しんでいる方たちにこそ、聖女の力が届いてほしい――。

「私に、力にならせてください」

「……あなたは？」

「ああ、彼女は――」

そう思ったときには、止められない想いが溢れ出るかのように、胸の奥から熱いものが込み上げてきた。

〝パァ――……〟

「……こ、これは！」

そして、その想いがこの部屋全体に流れていくように伝わると、苦しそうに咳をしていた患者たちの息がスッと落ち着きだし、各々不思議そうに身体を起こしていった。

「あれ……？　急に楽になってきたぞ？」

「俺もだ……胸のつかえが取れたように呼吸がしやすい」

「僕も、苦しくないよ！」

「おお……これは一体……」

よかった……、みんな治ったみたい。

「今のは何ですか……⁉　あなたは、もしかして……」

「申し遅れました、モカ・クラスニキと申します」

「クラスニキ？　確か、その名は……」

「ああ、彼女は王都から来た、聖女だ」

「聖女様……⁉」

大きく反応した医師の言葉に、患者たちの視線もこちらに向く。

「聖女様……？」

「聖女様がいらっしゃった⁉」

「聖女様が私たちを治してくださったの？」

「我々は見捨てられてなどいなかったのか……！」

「領主様と一緒だ。領主様が連れてきてくださったのかもしれない！」

患者たちのキラキラとした視線が私とアレクシス様に注がれる。みんな本当に元気になったみたい。

「ありがとうございます！　聖女様、領主様！」

「いや、俺は何も――」

「おふたりとも、本当にありがとうございます！　なんとお礼をすればいいか」

「これは当然の勤めです。皆さんよくなって、本当によかったわ」

アレクシス様は否定しようとしたけれど、改めてお礼の言葉を口にした医師に、私が答えた。アレクシス様が私を街に連れてきてくれたおかげで、こうしてみんなを治すことができたのだから。


「――本当に身体は平気か？」

「はい、何ともありませんよ」

療養所を出た後も、アレクシス様は何度も私の身体を気遣ってくれた。

「あんなに強力な魔法を使っても平気なのか……すごいんだな」

「ありがとうございます」

アレクシス様は本当に感心するようにそう言ってくれたけど、王宮にいた頃の仕事量に比べたら、これくらいの魔力の消費は全然平気。

……さすがに、全然ということはないか。同じことをもう一度しろと言われたら、すぐには難しいかもしれない。

でも、休まなければならないほどではない。

「せっかく街に来たんだ。何か欲しいものはないか？　先ほど街の人を助けてくれた礼もかねてプレゼントしよう」

「いいえ、私は今の暮らしで十分間に合っていますし、治癒も当たり前のことをしただけなのでお気遣いなさらないでください！」

「そうか……」

「はい」

「………」

そのまま特に会話することなく並んで歩いていると、アレクシス様がぴたりと足を止めた。

「……本当に欲しいものはないか？　王都ほど品揃えがいいわけではないが、この街もそれなりに充実している。だから、たとえば新しい服とか――」

なぜだか必死な様子で執拗に問われたので、私は思いついたものを口にしてみることにした。

「それでしたら、ひとつよろしいでしょうか」

「もちろん！」

何だか嬉しそうな表情でアレクシス様がこちらを見つめている。

「回復薬を入れる小瓶が欲しいです」

「……は？　小瓶？」

「はい」

聖女として回復薬を作らせてもらっているけれど、出来上がった薬を入れる瓶を持ってこなかったから、今は騎士団にあったものを使わせてもらっている。

ストックも作っておきたいし、できればもう少し欲しい。

「そうではない。そういうことではなくてだな……」

けれど、アレクシス様は小さく首を振って何か言いたそうにしている。呆れられていそうな雰囲気を察し、大慌てで訂正する。

「すみません！　本来こちらで用意すべきものですよね！　忘れてください！」

「いや、そういうことではない！　そんなものは今度大量にこちらで用意する。そうではなくてだな……」

「……？」

どうやらアレクシス様が聞いてくれたのは、そういうことではなかったみたい。

「本当に、何もないのか？　たとえば、ドレスとか」

「必要ありませんので……」

「ではアクセサリーなんかはどうだ？」

「使う機会もないですし」

「………………」

アレクシス様は、一体どうしたのかしら？　どうしても、私のものを何か買わなければならないの？

私の返答を聞いて「そうか……」と呟きながら再び歩みを進めるアレクシス様だけど、「うーん」と唸っているのが聞こえる。

そして、次々と私を女性用の服や小物が売っているお店へ案内してくれた。

「もし気に入ったものがあれば、遠慮なく言ってくれ」

可愛い小物や素敵な服がたくさんあったけど、どうしても欲しいわけじゃないし、私には必要ない。

本当に、私は今の生活にとても満足している。

こうしてアレクシス様と街を見て回れるだけで、すごく嬉しいし。

「あ……」

そう思っていたけれど、とある装飾品店に飾ってあった髪留めに目が留まった。

「可愛い……」

黄色のお花をモチーフにしたその髪留めには、控えめにだけど、アレクシス様の瞳の色に似た宝石がついている。

これがあれば、料理をするときに髪をまとめられていいかもしれない。

「気に入ったのか？」

「はい。とても素敵です」

「よし、ではこれを買おう」

「ですが、こんな高価なもの……！」

「そんなに高いものではない。むしろこれだけでいいのか？　指輪やネックレスもあるし、もっと好きなものを買えばいい」

「ありがとうございます……。ですが、私はこれがとても気に入りました」

「そうか。……本当に、君という人は」

「え？」

髪留めの可愛さについ笑みを浮べてそれを見つめていたら、アレクシス様が何かをぽつりと呟いた。

よく聞こえなくて聞き返したけれど、アレクシス様はキリリと表情を引き締め、咳払いをした。

「……何でもない。これは俺からプレゼントさせてくれ」

「ですが」

「先ほどの礼だ。気にしないでほしい」

「では、ありがたくちょうだいしますね」

私の返事を聞いて口元に小さく笑みを浮かべると、アレクシス様は髪留めを購入してきてくれた。


「――早速つけてみようか？」

「よろしいのですか？」

「もちろん」

失礼、と言って、アレクシス様が私の髪に優しく触れる。

アレクシス様が私のすぐ後ろに立っていて、私の髪に触れている。

たったそれだけのことで、私の心臓はドキドキと高く鼓動を刻む。

耳のすぐ上辺りで「できたよ」と囁かれて、思わず肩が跳ねた。アレクシス様におかしな反応をしていると思われてしまったかしら……?

「……とても似合っている」

「あ、ありがとうございます……」

慌ててしまったけれど、アレクシス様が見せてくれた鏡に映ったその髪留めに、私の口からは感嘆の息が漏れる。

「本当に素敵……。アレクシス様、ありがとうございます!」

「喜んでもらえたならよかった」

プレゼントは、犬のぬいぐるみ——アックンをいただいたばかりなのに。

それに回復薬作りも先ほどの行為も、聖女として当然のことなのに。

王都では、当たり前のように聖女としての仕事をしてきた。誰かに直接お礼を言われたことなんてなかった。

物心ついたときには王宮につれていかれて、聖女として働かされた。両親には会えなくて、周りの大人たちはみんな厳しい人ばかりだった。

〝聖女なんだから、治して当然〟

そう言われていたのも知っているし、私の力が弱いせいで助けられなかった人もいた。

〝聖女のくせに……、どうして助けてくれないんだ‼〟

そう言われたときは胸が張り裂けてしまいそうなほど苦しかった。それで一生懸命魔法学を学び、聖女として役に立てるよう、頑張ってきたけれど……。

限界を迎えてしまった。

王宮では一応贅沢と言われる暮らしをしていたし、両親も多額の報酬をもらっていた。それでも、この辺境の地で過ごしている今のほうが、私は幸せ。

それに休みなく働いていたせいで、せっかくの高級料理もろくに喉を通らなくなっていたし。

こんなふうに直接感謝されるのって、すごく嬉しいことなのね。もっともっとアレクシス様や皆さんのお役に立ちたいと、自然に思えてしまうわ。

「どうかしたのか？」

昔のことを思い出し、つい感傷に浸っていた私に、アレクシス様が心配そうな視線を向けた。

「……アレクシス様！」

「な、何だ？」

「私、これからも頑張ります‼」

「ああ。……?」

はりきってこの気持ちを伝えたら、アレクシス様は少し困惑したような表情で小さく笑ってくれた。

それから大通りを外れたところで公園を見つけた私たちは、ベンチに座って少し休むことにした。

「たくさん歩いて疲れただろう」

「いいえ、とても楽しくて、あっという間です」

「そうか、それならよかった」

この街は王都のように賑わっているわけではないし、こうして少し通りを離れると人が少なくなり、とても静か。

こんなふうにゆっくり過ごす時間は、きっと普段忙しいアレクシス様には貴重。

特に何も話すことなく、ただ隣に座っているだけなのに、とても充実した時間が流れている気がする。

「……君は、本当に楽しそうな顔をするな」

「そうですか?」

「今もそうだが、いつも。こんな場所に来て、俺のような男に嫁ぐというのに、まったく辛そうな顔を見せない」

そう口にしたアレクシス様も、何となく表情がいつもよりもやわらかいように見える。

「実際、まったく辛くないので……」

「怖くないのか？」

「……魔物がですか？　今のところ遭遇していないので、怖い思いはしていません」

「それもそうだが、俺のことが――」

アレクシス様をまっすぐ見上げて答えたら、そこでこちらを向いた彼と目が合った。

「怖くないです。アレクシス様は、最初に思った通り素敵な人です」

「――え」

そのまま、彼の目を見つめてはっきり伝える。

見た目ももちろんだけど、噂されている人とは随分違う、優しい人。

それに可愛らしい一面もあるし、私はアレクシス様のことをもっと知りたいと思っている。

だから素直にそう言って微笑んだら、アレクシス様は動揺するように視線を泳がせ、ぱっと立ち上がった。

「喉が渇いただろう！　何か、飲み物を買ってくる！」

「は、はい……」

言うや否や、アレクシス様はスタスタと歩いていってしまった。

……もしかして、照れたのかしら？

アレクシス様の横顔が赤くなっているように見えたけど。

そんな彼の後ろ姿を見送る。

背が高くて姿勢がよく、とても大きくて頼もしい、騎士団長様の背中だわ……。

そんなことを考えながら見つめていたら、なぜだかドキドキしてきた。胸の奥がきゅうっと締め付けられるような、そんな感覚。

アレクシス様は呪われた騎士団の、とても恐ろしい団長だと言われているけれど、実際にはそんなことはなかった。

とても優しくて、素敵な方。

あんなに素敵な方と結婚できるなんて、本来であればとても嬉しいことだけど……。

この結婚に、愛はないと言われている。

たとえ私がアレクシス様を好きになっても、それは一方的なもので終わってしまうのよね。

それなら私は、アレクシス様のために――辺境騎士団の皆さんのために、聖女としてできることがしたいわ。


「――にゃあ」

「あら、猫ちゃん」

アレクシス様のことを考えてぼんやりしていた私の足下に、猫がすり寄ってきた。

「こんにちは、あなたはこの公園の子？」

「にゃあ」

「ふふ、可愛い。お腹が空いているのかしら……でもごめんなさい、食べるものは何も持ってないのよ」

すり～と身体をすり寄せて、とことこと歩いていく猫ちゃんは、もう一度私を振り向いて
「にゃあ」と鳴いた。

「一緒に遊びたいの？」

「にゃあ」

「ふふ、待って」

ベンチから立ち上がって、猫ちゃんを追う。でも、公園からは出ないようにしないと。

そう思いながら膝を折り、野草をちぎって猫ちゃんの前でふりふりしてみた。

「ほらほら、こっちよ」

「にゃにゃ！」

猫ちゃんは楽しそうに野草に飛びかかってきたけれど、しばらくそうして遊んでいたら、突然何かを察知したようにはっとして一目散に逃げてしまった。

「……猫ちゃん？」

私、何か怖がらせてしまうようなことをしたかしら……？

そう思ったけれど、次の瞬間にはガサガサと近くの草が揺れて、何者かがこちらに近づいているのがわかった。

まさか、魔物……？　でも、こんな普通の公園に？　いえ、ここはすぐ近くの森に魔物が住まう地。魔物が現れる可能性だって、十分あるわ――。

「ああん？　何だ、随分若い姉ちゃんだな」

けれど、姿を見せたのは魔物ではなく、人間の男性だった。

「……こんにちは」

ひとまずほっと胸を撫で下ろし、笑顔を作る。

「姉ちゃん、何か食い物持ってねぇか？」

「え……？」

「金でもいい。なぁ、分けてくれよ」

「あ、あの……」

安心したのも束の間。よく見たらこの男性、随分汚れた格好をしている。髪も髭《ひげ》も伸びているし、もしかして、しばらく家に帰っていない……？

「ごめんなさい、あいにく今は何も持っていなくて……」

「何も持たずにひとりで出てきたのか？」

私のことを頭の上から足先までじろじろ見つめて、男は溜め息をついた。

物乞いなんて、初めて出会った。凶器になるようなものは持っていなさそうだけど、早く逃げたほうがいいかも……。

「……それじゃあ、その髪留めをくれよ」

「え……？　こ、これはだめです……！」

そんなことを考えていたら、男は先ほどアレクシス様が買ってくれた髪留めに手を伸ばした。

これはだめ！　これだけは、絶対……‼

「何をしている――⁉」

「アレクシス様！」

手を伸ばしてきた男から逃げようと身体を後退させたとき。アレクシス様の大きな声が私の耳に届いた。

「彼女に何の用だ⁉」

「……でかい声出すなよ。それよりあんた、金を持ってそうだな。なぁ、何か食い物を恵んでくれよ」

アレクシス様は私を庇《かば》うように前に出ると、今買ってきたと思われるサンドイッチと飲み物を男に渡した。

「……これを」

「ありがてぇ！　昨日から何も食ってなかったんだ！」

男はそれを受け取ると、その場でサンドイッチにかじりついた。よほどお腹が空いていたらしい。

「………」

「行こう」

「は、はい……」

男がサンドイッチに夢中になっている間に、アレクシス様は私の肩を抱くようにしてその場を離れた。


「大丈夫か⁉　彼に何かされていないか？」

「大丈夫です。食べ物が欲しいと言われましたが、私は何も持っていなかったので……」

「そうか。すまない、俺が君をひとり置いて離れたせいで……怖い思いをさせたな」

「いいえ！　猫ちゃんを見つけて、私が勝手に動いたせいです……ごめんなさい」

でも、アレクシス様が来てくれたおかげで助かった。

「君は何も悪くない。この街の治安を守るのも俺たちの仕事なんだ。彼らも昔はこの地で立派に働いていたのだが、今では仕事がなくなり、ああいう者が増えてしまった」

「そうなのですね……」

魔物が出るせいね。それに、〝呪い〟の噂のせいで、この街に人が近寄らなくなってしまったことも原因にあると思う。あの人は、私に危害を加える気はなかったと思うし。私は聖女なのだから、ああいう人たちのために何かできることはないかしら……。

「何とか、彼らにまた仕事を与えられたらいいのだが」

「そうですね……」

そう言って、アレクシス様は頭を抱えるように額《ひたい》に手を当てた。

私はヴェリキー辺境伯夫人になる。アレクシス様のためにも……この地で暮らす人たちのためにも、何か力になれることがあれば協力したい。

「……君に、伝えておきたいことがある」

「はい」

何だろう。

ふと真剣な表情で口を開いたアレクシス様。何かとても言いにくいことがあるように感じる。

「君にも知っておいてほしいのだが……」

「はい」

「俺たち……辺境騎士団には、呪いがかけられている」

「……え？」

以前にもそう言っていたけれど、それは噂されている、比喩的なことではないの？

アレクシス様のあまりに真剣な表情に、私はごくりと息を呑んだ。

「今から四年ほど前――この地をとても恐ろしい魔物が襲った」

「恐ろしい魔物……」

「バジリスクという、伝説級の魔物だ」

「バジリスク……」

知ってる。私も聖女としての勉強をする中で、たくさんの魔物の話を聞いた。

直接見たことはないけれど、バジリスクとは蛇のような見た目の大きな魔物で、強力な毒を放つと言われている。

でも、おかしい。四年前なら、私は既に聖女として王宮にいた。けれど、ヴェリキーの地にバジリスクが出たなんて、知らない。

それほど恐ろしい魔物が現れたら、聖女が派遣されてもおかしくないはずなのに。

「やはり君は知らないのだな」

「はい……。申し訳ありません」

「いや、君のせいではないだろう。だが、俺たちは城に応援を要請した。もちろん、聖女の回復薬も要求した。しかし、助けは来なかった」

「……そんな」

「討伐はできなかったが、何とか俺たちの力だけで奴を追い払うことはできた。しかし、犠牲も大きかった」

そう言って、アレクシス様は一度目を伏せた。犠牲とは、つまり――。

「あの戦い以来、この騎士団は変わってしまった。父と母も、民を守るために犠牲となった」

「…………」

ぎゅっと握りしめた拳を震わせて、アレクシス様は怒りを堪えるように静かに言った。

過去を思い出しているんだわ。きっと私では想像もつかないような、壮絶な戦いがあったのだろう。

そして、そのせいで前辺境伯であるアレクシス様のお父様と、お母様は――。

「お力になれず、申し訳ありません……」

私がここに来たばかりの頃、アレクシス様が「王宮や聖女に期待はしていない」と言っていた理由がわかった。

誰のことも信用していないというような威圧的なオーラを放っていた理由も。

アレクシス様はどんなに辛かっただろう。そして、私たちのことがどんなに憎いことだろう……。

「君が謝ることではない。もし君が知っていたら、必ず力になってくれただろうと、今の俺にはわかる」

「ですが……」

〝知らなかった〟なんて言い訳は許されない。

それなのに、私にとても優しくしてくださったアレクシス様を思うと、胸が押しつぶされそうになる。

「とにかくその戦い以来、騎士団は変わってしまった。おそらく奴は逃げる際、騎士団全体に呪いのようなものをかけていったのだと思う」

「呪い……」

〝呪われた騎士団〟

かつて辺境騎士団は、〝最強の騎士団〟として魔物からこの国を守ってくれていた。

けれどあるときから、突然その力が失われ、近づく者すらいなくなった――。

「命が助かった者も、生気を奪われたように弱ってしまった。かつて最強と言われた辺境騎士団は、国から見捨てられていたんだ」

「そんな……！」

肯定するように静かに目を閉じるアレクシス様。

ヴィラデッヘ様は、すべて知っていたのかしら。回復薬の管理を任されていたのも、軍事の指揮を任されていたのも彼のはず。

まさかすべて彼が――？

「だから、こんなところに嫁いできてくれた君に、嫌になったらいつでも離婚すると伝えたんだ」

「……そうだったのですね」

そんなことがあったのなら、初対面で罵声を浴びても、もっと責められていてもおかしくないくらいなのに。

だから最初の頃、騎士たちは私に冷たかったんだわ。信用されていなくて当然ね……。

けれどアレクシス様だけは、最初から私を気遣ってくださっていた。

そんなアレクシス様やこの騎士団の皆さんのために、今更でも私にできることがあれば力になりたい。

「……本当に、そう思っていたのだが……」

そう覚悟した私の耳に、ぽつりと、まるで心の声が漏れたみたいに呟かれた言葉が届いた。

「だが、今は違う」

「……違う？」

そして、まっすぐに私を見つめて彼は言った。

「俺は、君にいなくなってほしくない」

「……アレクシス様」

少し緊張の色を顔に浮かべて、はっきりとそう口にしたアレクシス様に、私の鼓動は高鳴っていく。

「安心してください。私はいなくなったりしませんので」

そう思ってもらえて、嬉しい。

それはきっと、私が聖女として少しは皆さんのお役に立てているからね？

回復薬だって作れるし、料理だって、いつも美味しいと言って食べてくれるし。

だから、わかってる。本当の夫婦としてここにいてほしいというわけではないと。

それを思うと悲しいけれど、欲張ってはだめよ。これまでのことを考えたら、アレクシス様が私と愛のない結婚を望むのは当然のことなんだから。

「これからも、聖女として私にできることがあれば皆さんの力になりたいです！」

「それはとてもありがたいが、そういうことではなく……」

「……？」

再び何か言いづらそうに視線を逸らしてしまったアレクシス様に私は首を傾げたけど、彼は「まぁ、いいか……」と独り言のように呟いた。

「そういえば、せっかくアレクシス様が買ってきてくれたサンドイッチが、なくなってしまいましたね」

「ああ、小腹が空いているかと思って。あのサンドイッチはとても美味いんだ。もう一度店に行って、食べて帰ろうか？」

「はい！」

優しい声でそう提案してくれたアレクシス様のおかげで、気持ちが少し明るくなった。

私もこの街のことを知ることができてよかったわ。王宮を離れることができて嬉しいからと、のんびりしているだけではいけないと改めて感じた。


それから私たちは一緒にお店に行って、アレクシス様おすすめのサンドイッチと紅茶をいただいた。普通のサンドイッチに見えるけど、本当に美味しかった。

たぶん、アレクシス様とこうして外で食べているということも、私にとっては最高の調味料になったと思う。


「――今日はお時間をいただいて、本当にありがとうございました」

「こちらこそ。少しは気分転換になっているといいのだが」

「とても楽しかったです！　でもそのせいで、遅くなってしまいましたね」

帰りの馬車の中で、アレクシス様と向かい合ってそんな話をした。

本当は早く帰るつもりだったのに。紅茶をいただきながらも、話に花が咲いてしまったせいで、予定より帰りが遅くなってしまった。

でも本当に楽しくて、この時間がもっと続いてほしいと私は願っていたのだけれど。

「アレクシス様はこの後もお仕事ですよね？」

「ああ、いいんだ。俺もとても楽しかった。それに、今日はノアに任せてきたから、平気だ」

「ですが、出かける前、早く帰るとノアさんに……」

「あれは……ノアが、その」

「？」

何を思い出したのか頬を赤く染めて言い淀むアレクシス様に、先を問うように私は首を傾げる。

「……ノアが、今夜は帰らなくてもいいと……、馬鹿なことを言うから、そこまでは遅くならないという意味で言ったんだ」

「え？　帰らなくてもいい？」

「もちろん彼の冗談だろうがな！」

慌ててそう付け加えたアレクシス様だけど、帰らなくていいとは、一体どういう意味だろう……。

「すまない。早く帰らなければと、焦らせてしまっていたか？」

「いいえ。十分楽しんでしまいました」

申し訳ないのだけど、そのことを今の今まで忘れてしまうくらい、楽しかった。楽しんでしまっていた。

「……では、また誘ってもいいだろうか？」

「もちろんです！」

だからそれは大歓迎。アレクシス様の邪魔にならないのであれば、私はまたいつでもご一緒したい。

「では、今度はピクニックに行かないか？」

「ピクニックですか？」

「ああ。もし魔物が出ても俺が必ず君を守ってみせる。あまり知られていないのだが、この地には綺麗な湖があるんだ。ぜひ君に見せたい」

綺麗な湖……。それはぜひ見てみたいわ。

「はい！　楽しみにしています！」

笑って答えると、アレクシス様も嬉しそうに微笑んでくれた。

噂なんて、やはり信用ならないわ。アレクシス様は、形式上の妻も労ってくれる心優しい方。

私はここで受け入れられ、やりたいことができ、みんなにも認めてもらえた。十分すぎるほど幸せであるこの現状を、しっかりと噛みしめる。

……けれどいつの間にか、もっとアレクシス様のことが知りたいと思うようになってしまっている。

物思いにふけていると、私の向かいでいつもより優しく微笑むアレクシス様のお顔に、ドキリと鼓動が跳ねる。

何かしら……？　この胸の高鳴りは。

いやいや、この美しすぎるお顔にドキドキしているだけよ！

アレクシス様のことをもっと知りたいと思う気持ちも、胸の高鳴る理由も、まだ私は気がついていなかった。

彼女の存在

「アレク。帰っていたのか」

「……………」

モカ・クラスニキ嬢を部屋まで送り届けた俺は、そのまま執務室に向かい、椅子に座ってしばらくぼんやりしていた。

どのくらいそうしていたかわからないが、そこにやってきたノアが俺に気づき、書類を手に近づいてきた。

「これ、今日の報告書。まとめておいたぞ」

「ああ……」

「何だ、ぼんやりして。おまえも疲れているだろう？　今日くらいは休みにしていいと言ったんだから、部屋でゆっくりしてろよ」

俺を見て溜め息をつきながら何か言っているノアに、そっと視線を向けて問いかける。

「……ノア」

「ん？」

「俺は、おかしいのかもしれない……」

「はあ？　何が？」

唐突にそんなことを口にした俺に、ノアはわかりやすく顔をしかめた。

「彼女のことを考えると、胸が苦しくなる」

別れたばかりだというのに、俺はずっと彼女のことを考えている。

「ああ……そういうことか」

「彼女は本当に心優しい女性だ。民が苦しんでいるのを見て、真っ先に動いた。そして、惜しむことなく聖女の力を使った」

さすがにあの量の魔力を一度に使うのは、聖女でも疲れるだろうに。彼女は一瞬も迷わなかった。助けることが当然だと言うように治癒魔法を使った。

「彼女の心はまさに聖女そのものだ」

「ふぅん」

「それに、何か買ってやろうと言ってもとても謙虚で……どうにか小さな髪留めをひとつプレゼントしたが、とても素直に可愛い顔で笑い、喜んでくれた。貼り付けた笑みではなく、本当に嬉しそうに笑ってくれた」

「……それで？」

「そんな可愛らしい笑顔を見ると嬉しい反面、なぜだか胸がぎゅっと絞られるような感覚になる。胸が苦しくなるんだ。これは病気か？」

「……なるほど」

「それに、彼女が隣にいると鼓動が高鳴るし、俺のことを『素敵』だと言われて、身体が燃えるように熱くなった」

そう、あのときはどんな顔をしていいのかわからないあまり、思わずその場を離れてしまったが、とても後悔した。彼女のそばを離れるべきではなかった。

「もう、二度と離れたくない……」

「………」

もう一度会いたい。またすぐに会いたい。彼女は今、何をしているだろう。何を考えているだろう。俺のことを、ほんの少しでも考えてくれているだろうか……。

そんなふうに、ノアが来るまで俺はずっとここでこうして、彼女のことを考えていた。

今日交わした会話。彼女が言ってくれた言葉を一言ずつ思い出し、笑ったり困ったりしている顔を思い浮かべては胸を焦がしている。

髪留めを受け取ってくれたときの嬉しそうな顔は、もう一生忘れない。それほど可愛かった。

先ほど部屋に送り届けたばかりだというのに、俺はもう既に彼女に会いたいと思っているのだ。

ああ……ノアに言われた通り、今日は帰りたくなかった……。

「やはり俺はおかしいだろうか？　今こそ彼女が作ってくれた回復薬を飲むときか？　しかし、

せっかく彼女が作ってくれたものがなくなってしまうのも惜しい……」

ほとんど独り言のようにぶつぶつと呟いている俺に、先ほどから苦笑いを浮べていたノアが盛大な溜め息をついた。

「確かに病気だな」

「やはりか⁉」

「ああ、それもかなりこじらせているようだ」

「そうなのか……俺としたことが、自己管理を怠ってしまうとは……‼」

「そうだな。相当こじらせた、恋の病だ」

「……え？」

「本当に自覚がないのか？　今時、子供でもそんなこと言わないぞ？」

「……恋？」

呆れたように腕を組んで、溜め息をつきながらその言葉を口にしたノアに、俺の鼓動がドクンとひとつ高鳴った。

恋……。これが、恋？

俺は今まで、色恋沙汰には本当に縁遠く生きてきた。子供の頃は剣術や魔法学に勤しみ、将来辺境伯になることだけを考えてきたし、年頃になってからも社交の場に参加する機会はないほど忙しくしていた。

そうしているうちにあの一件が起き、辺境伯を継いだ俺が〝恐ろしい男〟だという噂が広まっていった。

一度、俺のもとに婚約者候補として幼馴染の女性が来たが——彼女とは何もなかった。

噂が事実とは異なるとしても、この地が危険であることは間違いない。こんな危険な辺境の地に嫁いで、わざわざ怖い思いをする必要はないと思っていたから、妻は迎えない気でいたというのに。

俺は、俺との結婚を嫌な顔ひとつしないで受け入れてくれた彼女のことを、いつの間にか好きになってしまったのだろうか——。

「その病気は聖女様に治してもらえよ」

「し、しかし……！」

「何だ？　どうせ結婚する相手なんだから、ちょうどいいじゃないか。よかったな」

「いや、彼女の気持ちもあるだろう⁉」

背中を押してくるノアに、俺は動揺してしまう。たった今恋という気持ちを知ってしまったばかりなんだ、少し待ってほしい。

「それに俺は、自分から愛のない結婚などと宣言してしまった……」

今となってはそう言ったことを、ひどく後悔している。

「いいか、アレク」

しかし、ノアはそんな俺にまた溜め息をつくと、まっすぐ見据えて言った。

「好きならその気持ちをまずははっきり伝えろ。それをどう受け止めるかは彼女が決める」

「…………」

「おまえたちは男と女で、おまえと結婚するために彼女はここに来た。何の障害もない。彼女だって、結婚相手が自分のことを愛してくれているとわかったほうが、安心するに決まっているだろう」

「……俺のような男でも、か？」

「自信を持て、アレク。おまえはいい男だ。俺が保証してやる」

「…………」

ノアが男を褒めることは滅多にない。俺を励ますためだとしても、それはとても心強い言葉だった。

「ありがとう、ノア。俺はいい友を持ったな」

「まぁ、おまえが振られたら、モカちゃんは俺がもらうけど」

「それはだめだ‼」

「はは、冗談だよ。即答するくらい好きなら、そうならないように頑張れよ？」

「ああ……」

カラカラと笑いながら俺の背中をバンバン、と叩くノア。

おそらく本当に冗談だろうが、ノアは俺なんかより百倍いい男だから、むしろ彼女がノアを好きになってしまうのではないかと、正直不安だ。

「団長！　よろしいでしょうか！」

「どうした？」

そんな話をしている最中。突然、部屋の外から部下の慌てた声が響いた。

「報告します！　南部を巡回中の者が、サラマンダーに遭遇したとのこと！」

「なに⁉」

サラマンダーとは、火を吐く蜥蜴《とかげ》の魔物。その強さは個体の大きさによって異なるが、大きいものになるとかなり厄介な魔物だ。

かつての〝最強の騎士団〟と言われていた頃の俺たちならいざ知らず、今の騎士団《俺たち》では――。

「すぐに向かう‼　ノア、手の空いている者をできるだけ集め――」

「それが、既に討伐したと！」

「――は？」

瞬時に立ち上がり、すぐに準備をして参戦しようと思った俺に、部下は耳を疑う言葉を告げた。

「すまない、聞き間違えたようだ。もう一度いいか？」

「それが、その者たちだけで、容易く倒してしまったとのことです‼」

「……何だって？」

どうやら聞き間違いではなかったらしい。

もう一度告げられた言葉に、俺とノアは顔を見合わせた。ノアも理解しがたいように眉をひそめている。

「不思議なことに以前のような……いえ、それ以上の力がみなぎってきて、簡単に討伐できたと」

「……力がみなぎってきた？」

「はい、そのようです」

そんな俺とノアを見て、彼もまだ少し不思議そうな顔をしながら続けた。どうやら本人たちからそう報告が入ったようだ。

「……そうか、とにかく討伐できたのならいいが……。怪我を負った者は？」

「怪我人も報告されていません」

「……そうなのか」

それは何よりだが、巡回中の数人の騎士だけでサラマンダーを討伐してしまうとは。まだ小さく、弱い個体だったのだろうか。

いや、以前よりも強い力がみなぎったと言っていたな。それはどういうことだろうか？

「その者たちは、聖女の回復薬を飲んだ者か？」

「はい。おそらく」

「……まさか、聖女の回復薬のおかげで力が湧いたというのか？」

「わからないが、その可能性は十分あり得る」

「ということは、まさかこの呪いが解けつつあるのか……？」

「…………」

ノアはそう言って自分の手を見つめた。

何か思い当たることがあるのかもしれない。

俺はまだ彼女が作った回復薬を飲んでいないから何とも言えないが、聖女というのは俺たちでは想像もつかないような力を持つ存在。

しかし、彼女は〝スペア〟だと言い、真の聖女は姉だと言っていた。

回復薬を飲んだだけで以前より強い力が出るなど、考えられない。

しかも王宮から追い出されたのも同然の彼女に、そこまでの力があるのだろうか――？

その頃、姉は

「――何なのよ、私は聖女よ⁉　どうして私がこんなにこき使われなきゃならないのよ……！」

モカを追い出してから、私は毎日想像以上の労働を強いられている。

「あの子はこの仕事量を本当にひとりでこなしていたの⁉」

私はもともと、王太子のレナード殿下が好きで、レナード殿下と婚約したかった。

けれど彼は聖女である私ではなく、幼馴染の女と婚約してしまった。

仕方ないから第二王子のヴィラデッヘ様で我慢しようと思ったけれど、ヴィラデッヘ様がモカのことを好きなのは知っていた。でも私たちは双子。顔は似ているのだから、きっとすぐに私のことも好きになってくれると思い、あの子を悪く言って王都から追い出した。

これからは王子の婚約者、そして唯一の〝真の聖女〟として、華々しい毎日を送るはずだった。

それなのに、予定と全然違うじゃない……‼

聖女が仕事をするために用意されたこの魔法部屋は、邪魔が入らないよう他から遮断されている。

そのため、とても孤独。私だってここで仕事をしたことはあるけれど、そのときはモカがいた。モカは与えられた仕事をろくに休みもせず淡々とこなしていた。

「こんなことなら、あの子を追い出さずもう少しこき使ってやればよかったわ……‼」

「カリーナ様、上級回復薬はまだ完成しないでしょうか？　ここ数日、突然製作数が落ちたようですが……」

「うるさいわね！　今やっているわよ‼」

部屋の外から、城の従者に急かすようなことを言われて、苛つきが増していく。

これは私にしか作れないというのに、何なのよ。偉そうに指図するんじゃないわよ！

「ねぇ、ヴィラデッヘ様は何をしているの？　少し休憩にして、ヴィラデッヘ様に会いたいのだけど」

せっかくモカを追い出したというのに、ヴィラデッヘ様とデートのひとつもできていない。

こちらから扉をばんっと勢いよく開けると、従者は驚いた顔で私を見た。彼はヴィラデッヘ様のお付きの者だわ。

「それが……、ヴィラデッヘ殿下のご命令で、今日の分ができるまでカリーナ様を外に出すなと……」

「はあ⁉」

「依頼されている回復薬の納期がかなり押しているらしく、みんな困っていると……」

「そんなの知らないわよ‼　私は疲れているの！　休まなければ回復薬も作れないわ‼」

「しかし、これまでもカリーナ様おひとりでこの量をこなされていたんですよね……？」

「……っ」

びくびくしながらもそう口にした従者に、私は言葉を詰まらせる。

これまではモカひとりに任せていたなんて、今更言えないし……。

でも、本当にあの子はこの量をひとりでこなしていたの⁉　嘘でしょう⁉　きっと何かずるい手を使っていたんだわ‼

「今はちょっと体調が優れないのよ。だから休ませてちょうだい！」

「あ……っ、カリーナ様！」

随分焦っているのね。私をこの部屋から出したら、彼がヴィラデッヘ様に怒られるのかしら？

でも、平気よ！　ヴィラデッヘ様は私に優しいもの。私からヴィラデッヘ様に直接頼んで、仕事量を減らしてもらいましょう！

そう思い、従者の制止を振り切ってヴィラデッヘ様の部屋に向かう途中。

「――そうだよ、本当に君は可愛い人だね」

廊下の隅のほうから、ヴィラデッヘ様の声が聞こえた。

「ヴィラデッヘ様？　何をされているのです？」

「⁉　カ、カリーナ⁉」

そちらへ近づき、声をかける。そうしたら彼は大袈裟に肩を揺らして、勢いよくこちらを振り向いた。

彼の目の前には、私の知らない女性。

「ど、どうしたんだ、カリーナ……！　君は今、回復薬を作るのに忙しいのでは……！」

「疲れてしまったので、休憩しようと思って。それより彼女は誰ですか？」

壁際に女性を追い詰めるように手をついていたヴィラデッヘ様は、私の問いかけに慌てたように彼女から一歩距離を取った。

「い、いや……彼女の目にゴミが入ったというから、見てあげていたんだ」

「……そうなのですね」

でもさっき、可愛いとか何とか言っていたような気がするけれど……あれは私の聞き間違いかしら？

疑いの視線を女性に向けると、彼女は私と目を合わせずにお辞儀をしてそそくさと去っていった。

なんか気になるわね……。

「それよりカリーナ、回復薬はできたのかい？」

「……そのことですが、ヴィラデッヘ様！　従者の方に言ってください！　とても厳しい労働を強いられて、私はもうへとへとです！」

さっきの女のことも気になるけれど、今はこっちのほうが大事。

私からお願いすれば、きっと聞いてくれる。

そう思ってヴィラデッヘ様を上目遣いで見上げたら、彼はひくりと口元を引きつらせた。

「しかしここ数日、急に回復薬の生産量が落ちているじゃないか。君の邪魔をしていたモカを追い出したというのに、一体どうしたんだ？」

「えっ、それは……あの子のせいで、無理がたたっているのです！　ですから、少し休まないと――」

「カリーナ。僕も君に会えなくて寂しいよ。だが、モカがいなくなれば今のノルマをこなすことなど簡単だと言っていただろう？　早く終わらせて、ゆっくりお茶でもしよう」

「ええ……そうですね……」

私の頭にそっと手を伸ばし、撫でるように頬へと滑らせていくヴィラデッヘ様。

第一王子のレナード様ほどではないけれど、彼も見目麗しい王子様。キラキラと輝く金髪、そして宝石のような碧眼に見つめられて、思わず頷いてしまう。

でもまさか、モカがあんな量をひとりでこなしているとは思わなかった。昔、まだ私が一緒に回復薬を作っていた頃は、ここまでの量じゃなかったはず。

知らない間に、あの子はとんでもなく成長していたというの……？

「ああ、それから。君が作った回復薬に、不良品が混ざっているとクレームが来たんだ」

「……え？」

「これまでのものに比べると、効果がとても弱いとか。今までそんな話は一度も聞いたことがなかったが……、まさかモカが仕込んでいった嫌がらせかな？」

「……そうかもしれないですね」

「まったく。あの女には困ったな」

「ふふ、そうですね……。あ、それでは私、仕事に戻りますので、これで失礼します」

「ああ、よろしく頼む。終わったらデートをしよう。待っているよ、可愛いカリーナ」

「はい、楽しみにしております……ふふふ……」

貼り付けた笑みを浮べて、ヴィラデッヘ様の前から逃げるように辞した私。

……不良品？　何よ、それ。私が作った回復薬の効果に文句でもあるというの⁉

……まさか、モカが作っていた回復薬のほうが上質なんてこと、あり得ないわ……‼

だって、あの子はただのスペアだもの。真の聖女はこの私なんだから――！

嫌な汗を感じながら、私は魔法部屋に戻って少し本気で回復薬作りを行った。

騎士団長様

「この間のアレクシス様とのデート……お出かけは、本当に楽しかったわ」

アレクシス様にもらった犬のぬいぐるみ——アックンは、私の大切なお友達になった。

一日の終わりに、私はその日あった出来事や、今考えていることをアックンに話してから寝ている。

「ただの形式上の妻にあんなにも優しくしてくれるなんて……アレクシス様はなんて素敵な人なのかしら」

アックンはぬいぐるみだから何もしゃべらないけれど、私の話を聞いてくれているように見える。心の内を話せる友人がいない私にとっては、とても嬉しい贈り物だった。それに本当に可愛いし。

「偽りといえど、あんなに素敵な方が私の旦那様になるのね……」

独り言のように呟きながら、数日前のデートを思い出す。

……正確にはデートじゃないってわかっているけれど、いいの。私の中では、あれはデートよ。デートなんてこれまで一度もしたことがないから、自分でそう思うくらいはいいわよね？

旦那様となる相手と素敵なデートをした。愛がなくとも、あんな美形の素敵な方とデートできるなんて貴重な体験をさせてもらったのよ。この二度とない思い出を胸に、アレクシス様のお役に立てるよう精一杯努めなければ！

それから、実際に街に出てこの目で見て、わかったことがある。

騎士団だけではなく、騎士団城砦周辺も、瘴気のような淀んだ空気が漂っていた。

それもバジリスクの呪いのせいだろうか。

私が何とかできれば——。

この街は、病気が流行っても王宮に助けてもらえず、仕事を失った者が増えて治安が悪くなっている。

この地の問題は、魔物の被害だけではない。

アレクシス様や騎士団、それから街の方たちのためにも、この地をよくしていきたい。

今度、もう一度街の様子を見てこようかしら。

——コンコンコン。

「少しいいだろうか？」

「はい……！」

ベッドの上でそんなことを考えていたら、突然アレクシス様の声が聞こえた。

一瞬、幻聴かと思いながらも返事をして立ち上がり、髪を手櫛で整えてから扉を開ける。

「アレクシス様……珍しいですね、どうかされましたか？」

「もう寝るところだっただろうか？　突然すまない」

「いいえ！　どうぞお入りください！」

「失礼」

アレクシス様が私の部屋を訪ねてくるなんて。どうしたのかしら……！

それに、こんな時間にふたりきりだなんて……少しドキドキしてしまう。

そんな気持ちに気づかれないよう、平静を装ってアレクシス様をソファに促し、向かい合って腰を下ろす。

「可愛がってくれているのだな」

「あ……っはい！　アックンは私の大切なお友達で、大好きです！」

彼から注がれた視線に、アックンを抱いたままアレクシス様を迎え入れていたことに気づいた私は、アックンをぎゅっと抱きしめた。

「そ、そうか……。気に入ってくれているのならよかった」

するとアレクシス様は少し恥ずかしそうに目を逸らし、こほんと咳払いをした。

「これを持ってきた」

「まぁ、何でしょう」

そして差し出された小さな包み。中を覗《のぞ》くとそこにはジャムの載った焼き菓子が入っていた。

「わぁ……美味しそう。いただいてよろしいのですか？」

「ああ、隣町に行っていた部下からの土産だ」

「ありがとうございます！」

早速お茶を淹れて一緒にいただきたいけれど……時間も時間だし、今度にしたほうがいいかしら？

「君は、甘いものは好きか？」

「はい、大好きです」

「そうか。では、また機会があったら甘いものを取り寄せよう」

「ありがとうございます。ですが、ご無理なさらなくて大丈夫ですよ」

そうだわ、今度私も調理場をお借りして、お菓子を作ってみようかしら。

「無理などしていない。いつも頑張ってくれている君への礼だ」

真剣な眼差《まなざ》しを向けているアレクシス様のその言葉に、嘘偽りは微塵も感じない。

「アレクシス様は本当にお優しいですね」

それでつい、心の声が漏れたみたいにそう口にしてしまった。

そうしたら、アレクシス様は私から視線を逸らして「そんなことはない……」と呟いた。

何か失礼なことを言ってしまったかしら……？

「……ところで、最近はどうだ？」

「どう、とは？」

「体調に変化などはないか？　回復薬作りも続けてくれているようだが、疲れが溜まっていないか？」

「特に変わらないですよ。……少しずつしか作っていなくてすみません。必要でしたら、ペースを上げることも可能です！」

「いや、十分だ。作ってくれるだけで感謝している。それに、これまで俺たちは聖女の回復薬なしでやってきたし、君が来てから魔物に大怪我をさせられた者もいない」

「そうなのですね」

この、危険な辺境の地に回復薬が届けられていなかったというのは本当に驚いたけど、怪我人がいないのはよかったわ。

それもきっと、皆さんが優秀だからでしょうね。

「……君は毎日料理を作ってくれているだろう？」

「はい」

「そのとき、回復薬を作っているときのように、魔力を込めていたりするか？」

アレクシス様の窺うような視線に、私は一瞬言葉を呑み込んだ。

料理に魔力を？

「……いいえ、さすがにそこまではしていませんが……どうしてですか？」

「いや……そうだよな」

いくら私が聖女だとしても、そんなことをすれば魔力を使いすぎて倒れてしまう。

そんなことができたらとても素晴らしいとは思うけど、さすがにそこまではできない。

だから正直に答えたら、アレクシス様は何かを考えるように顎に手を当てて唸った。

……そんな表情も素敵だわ。

「料理や家事をして、疲れていないか？」

「はい、楽しくお手伝いさせてもらっていますよ」

「そうか……。負担ではないのなら、いいのだが」

「はい。……？」

何か言いたいことがあるようだけど、なかなか核心に迫らないアレクシス様に私は首を傾げた。

すると、そんな私を見て「ああ……」と言い淀んだ後、アレクシス様は決心したように口を開いた。

「君の回復薬の効果もあると思うが、料理を手伝ってくれるようになってから、騎士たちの力が増しているんだ」

「え？」

「君の回復薬を飲んでいない俺も以前より楽に働けている気がする。だから、君が食事にわざわざ魔力を込めているのかもしれないと思って」

「そんなことができたらいいとは思いますが、さすがに……」

「もしかして、無自覚にやっているのでは？」

「私はスペアの聖女です。そんなことはできないと思いますし、やったとしても魔力がなくなって気づきます」

「そうだよな……いくら聖女でも、そんなことをしていれば自分が倒れてしまう」

「そうですよ」

アレクシス様の言う通り、王宮では働きすぎて倒れる寸前だった。私にそれくらいすごい力があったら、王宮でももっと簡単に回復薬を作っていたはず。

「……わかった。こんな時間にすまない」

納得したかはわからないけれど、アレクシス様はそう言うと小さく頭を下げてから立ち上がった。

「いいえ。またいつでもお待ちしてます！」

「……え？」

「あ……、何でもありません」

危ない。面倒な女だと思われてしまうところだったわ。

不思議そうにこちらを向いたアレクシス様に、誤魔化すように微笑んで。彼を扉までお見送りした。

でも……、アレクシス様とたくさんお話ができて本当に嬉しかった。

「君も、もし体調に変化が出たらすぐに言ってくれ。それから、くれぐれも無理はしないように」

「はい！」

だから、またいつでもこうして訪ねてきてほしいというのは、本音。

＊

翌日、私はティモさんと夕食に使う食材の買い足しに市場へやってきた。

「モカ様――」

「こんにちは、お身体の調子はどうですか？」

「おかげさまで、とてもいいです」

市場に顔を出すと、先日倒れた果物屋の店主がすぐに私に気づいて声をかけてくれた。

顔色もいいし、咳も出ていない。本当に元気そうだわ。よかった。

「他の者たちも元気になって、すっかり元の調子です」

「あ、聖女様！　先日は本当にありがとうございます！　ぜひうちの野菜を持っていってください！」

「うちのも、どうぞ」

「まぁ、皆さんありがとうございます。それじゃあ、少しだけ」

せっかくなので、夕食に添えられそうな香草と、風味付けのためのレモンを少しいただいていくことにした。

最初から買う予定だったエシャロットは自分たちで購入して。

「このオレンジ、絞ってジュースにしますから、飲んでいってください」

「ありがとうございます」

果物屋の店主のご厚意を素直に受けて、絞りたてのオレンジジュースをいただき、近くのベンチに座って飲んでいくことにした。

「モカさんはすごいですね、あっという間に街の人気者だ」

「いいえ、そんな。聖女として当然のことをしただけですよ」

「何だか市場のみんなも以前より活気があるように見えるし」

「そうですか？」

「うん。病気を治したって聞いたけど、それだけじゃなかったりして」

ティモさんはそう言って笑ったけど、それはどういう意味かしら？

でもこうして見ると、確かに市場には先日より人が増えていて、活気があるように見える。

病気が大流行する前に防げてよかった。

ジュースを飲み終えたら、お散歩がてらもう少し街を歩いていくことにした。

市場から少し行ったところに、先日アレクシス様とは訪れなかった公園を見つけて足を止める。

「あら？」

その公園では、お婆さんが芝生に水を撒いていた。瘴気により芝生や草花は枯れているようだ。

お婆さんは時折腰を押さえており、辛そうに見える。

「こんにちは。水撒きですか？」

「ええ、きちんと水をあげているのにどうしてか草花に元気がなくて……」

「よろしければお手伝いしましょうか？」

「え？　よろしいのですか？　私の魔法じゃ時間がかかって……」

「任せてください」

私の魔力であれば、この範囲の芝生なら大丈夫だと思う。

やったことはないけれど、きっとできる。

そう思い、芝生の上に雨を降らせるようなイメージをしながら、手を出して大きく横に振った。

「まぁ……！」

やっぱり、上手くできたわ！

私の手の中から放たれた水の雫が、芝生一面にサーッと降り注がれ、小さな虹を作る。

「なんてすごい魔法なの……それに、とても美しいわ。……あら？　なんだか草花が見る見る元気になっていくわね」

不思議……。と呟きながら、お婆さんは驚きながらもとても嬉しそうに笑ってくれた。

「すごいわ、あなた、とても素晴らしい魔法が使えるのね」

「ふふ、喜んでもらえてよかったです」

「この公園はね、亡くなった夫とよくピクニックに来ていた場所なの。夫は、この芝生に座って話をするのが大好きだったのよ……」

「そうなのですね」

亡くなった旦那さんを思い出しているのか、お婆さんの瞳にはうっすら涙が浮かんでいる。

「あなたの魔法のおかげで、枯れかけていたお花も蘇ったような気がするし、何だか空気まで澄んだようで美味しいわ。本当にありがとう」

「ふふ、それはよかったです」

とても感謝してくれたお婆さんとは別れて、私とティモさんはお散歩を続けた。

時々道に落ちているゴミを拾ったり、迷子の子供と出会《でくわ》して一緒に親を探したりしながら、街の人たちとも触れ合った。

この地は魔物が出る、危険な地。〝呪われている〟とも噂されているけれど、そんなこの地にも暮らしている人々がいて、その人たちにとっては思い出がたくさん詰まった大切な故郷だということを実感した。

この地に暮らす人々、ひとりひとりの笑顔がずっと続きますように――。

騎士団へ帰る馬車の中で、私は密やかにそう願った。

＊

翌日のお昼過ぎ。

「――焼き上がりましたよ」

「わぁ……！」

調理場をお借りして、私はティモさんと一緒にクッキーを焼いた。

「いい匂いですね」

「うん、いい具合に焼けていますし、きっと団長も喜んでくれますよ」

「ふふ、そうだといいなぁ」

アレクシス様に髪留めのお礼がしたくて。料理上手のティモさんにお願いして、クッキーの作り方を教わった。

少しでもアレクシス様の疲れを癒やせますように……！

そう思いながら一生懸命作った。

アレクシス様、喜んでくれるかしら。

それから粗熱が取れたクッキーを包んで、アレクシス様の執務室に向かった。

ドキドキしながら扉をノックしたけれど、今日はいないみたい。

途中ですれ違った騎士に尋ねると、アレクシス様は外の訓練場にいるとのことで、私はそちらに足を向けた。


「――踏み込みが甘い。それから、もっと相手の動きをよく見て先を読め」

訓練場が見えてくると、アレクシス様の威厳のある声が私の耳に響いた。

「団長、ありがとうございます！」

「よし、次！」

「はい……っ！」

騎士服の上着を脱ぎ、腕まくりをして剣を握っているアレクシス様は、真剣な表情で部下に稽古をつけていた。

向かってくる部下の剣を受け止め、弾き、また受け止めては何か助言をしている様子。部下の騎士は必死に見えるけど、アレクシス様は息ひとつ乱さず、余裕そう。

私から見たら、部下の方も十分早くてすごいのだけど……。

「どうした、その程度か？」

「く……っ、うりゃあああーー‼」

大きく剣を振り上げ、アレクシス様に向かっていく部下。

真剣を使っているようだし、危ない……！　そう思って手に力を入れたけど、アレクシス様は私の目では追えないほどの速さで部下の剣を弾き飛ばした。

「………」

「勢いはいいが、それだけでは命を落とすぞ」

「……はい」

すごい……。これが騎士の、実戦稽古なのね……！

私はアレクシス様が戦う姿は見たことがないけれど、彼は間違いなくかつて最強の騎士団と言われた軍の騎士団長様なのだと、実感する。

何だかとても胸がドキドキするわ。

「——あれ？　モカさん」

「あっ……」

少し離れたところでその様子を見ていたら、ひとりの騎士が私に気づいて名前を呼んだ。

「訓練中にすみません」

「いや、大丈夫だ。少し休憩にしよう」

アレクシス様がすぐに近づいてきてくれて、皆さんにそう声をかける。

「あの、よかったらこちらを……」

「これは……クッキーか？　君が作ってくれたのか？」

「はい。お口に合えばいいのですが」

「ありがとう。とても嬉しい」

アレクシス様はそう言ってやわらかく笑った。先ほどまでの真剣な表情とのギャップに、私の胸はぎゅっと締め付けられる。

「どうした？　顔が赤いが……」

「いいえ！　何でもありません‼」

そんなアレクシス様をじっと見つめてしまっていた私は、心配そうに顔を覗き込まれて、さっと目を逸らした。

「クッキーですか。いいですね～、美味そう」

「あ、よかったら皆さんもどうぞ」

「いいんですか？　ありがとうございます！」

ちょうど休憩のようだし、皆さんにも食べてもらいましょう。ティモさんと一緒に作ったから、味は問題ないはずだし！

「うん、美味しい！」

「疲れたところに甘いものは嬉しいですね！」

「ああ、本当に美味い」

皆さんもアレクシス様も、喜んでくれた。

「それにしても団長はすごいですよね」

穏やかな空気に、一瞬ここが魔物の出る危険な地であるということを忘れてしまいそうになっていた。そんな私の耳に、騎士のひとりが放った言葉が届く。

「全然休んでいないのに、こうして俺たちに稽古までつけてくれて。ありがたいですけど、ちゃんと寝てますか？」

「そんなことは心配しなくていい」

「モカさんの回復薬も、もったいないとか言ってまだ飲んでないんですよね？　どれだけ体力が余ってるんですか！」

「そうそう、でもあまり無理すると、倒れてしまいますよ？」

皆さんも、稽古中と違って和やかに笑っている。団長であるアレクシス様にこうして気さくにものが言えるのも、アレクシス様の人柄だと思う。彼らはとても厚い信頼関係で結ばれているから。

でも……。

「アレクシス様、あまり眠れていないのですか？」

「大丈夫だ、君が心配することではない」

「…………」

アレクシス様はそう言うけれど。きっと、この後も執務室に戻って仕事をするんだろうなぁ……。

私と街に行った日も、予定よりたくさん時間を使わせてしまったし……。

「回復薬、栄養ドリンクだと思って飲んでくださいね？　またいくらでも作りますから」

「ありがとう。だが、このクッキーのおかげで元気になった」

そう言って、アレクシス様は「さぁ、稽古を始めるぞ」と皆さんに声をかけたけど。

本当に、ゆっくり休まなくて大丈夫かしら？

私は少し心配。

＊

その日、以前約束した湖にふたりで行くことになった私とアレクシス様は、ともに馬車に揺られていた。

「アレクシス様、本当に無理されていませんか？」

「ああ、今日はとても楽しみにしていたからな」

楽しみにしていた……？　アレクシス様が？

その返答に少し驚いてしまったけれど、たぶんこれは貴族の嗜《たしな》みね……？

「……君は嫌だっただろうか？」

「いいえ！　私はとても嬉しいです！」

つい黙ってしまった私に、アレクシス様は不安そうな視線を向ける。

もちろん私は本当に楽しみだった。けれどここ数日、アレクシス様は時間を作るために寝ないで仕事を片付けたのだということを、ティモさんに聞いてしまった。

嬉しいけど……いくらアレクシス様に人並み以上の体力があっても、さすがに疲れているのではないかしら……？

そう思ってアレクシス様の様子を窺ったけれど、本当に楽しそうに見える。

だから今日は遅くならないようにしようと心に決めながら、私もこの時間を楽しむことにした。


「――ここだ」

「わぁ……」

着いたのは、とても大きくて美しい湖。

騎士団城砦からは離れていて少し時間がかかったけれど、人もいなくて静かだし、綺麗な花も咲いている。

「なんて素敵なところなの……」

「だろう？　気に入ってもらえてよかった。以前は騎士団城砦の周囲もこのように花が咲き、美しいところだったのだが」

「……そうなのですね」

アレクシス様はぽつりと呟くと、大きな木の下にてきぱきとシートを敷き、私が座りやすいよう手を差し出してくれた。

「どうぞ」

「……ありがとうございます」

その手に掴まらせてもらいながら、ゆっくりと腰を下ろす。

私のすぐ隣に座ったアレクシス様との距離が近くて、思わずドキッとしてしまう。

アレクシス様は座っていても私より背が高いのがわかる。

騎士らしく、たくましくて大きな肩が私の視線の高さにあって、その少し上に視線を滑らせるとアレクシス様と目が合った。

「そ、そうだわ！　持ってきたサンドイッチを食べましょうか」

「……ああ」

恥ずかしさのあまり、少し大きな声をあげてしまった。

アレクシス様は小さく笑って頷いてくれたけど、変に思われていないかしら……。

そのままバスケットからサンドイッチとぶどうジュースを取り出し、アレクシス様に差し出す。

「どうぞ」

「ありがとう」

「紅茶のほうがよかったかしら」

「いいや、君はぶどうジュースが好きなんだね」

「うふふ、そうなんです」

アレクシス様とたわいもない会話をしながら、美しい湖を眺めて木陰でのんびりピクニック。

「美味いな」

「はい、本当に」

なんて贅沢な時間なのかしら。王宮で出されたどんなごちそうよりも、私にはこのサンドイッチとぶどうジュースのほうが美味しく感じる。

聞こえてくるのは小鳥のさえずりと、風のせせらぎだけ。心地のいい風に頬を撫でられ、とても気持ちがいい。

穏やかで優しい時間が流れた。ここが魔物の出る危険な地域で、私たちが騎士団長と聖女であるということを忘れてしまいそうになる。

この時間がずっと続いてほしいと、願ってしまう。

「少し湖に近づいてみようか？　風が吹くと涼しくて気持ちがいいんだ」

「はい！」

そう言ってまた差し出してくれたアレクシス様の手に掴まって立ち上がると、私たちはそのまま手を繋いで湖の近くまで歩いた。

「足下に気をつけて」

「ありがとうございます」

アレクシス様と手を繋いで歩く……結婚する仲なのだから、エスコートくらいされて当然のことなのに。

ヴィラデッヘ様には感じなかったけれど、アレクシス様とだと小さなことでいちいち胸がドキドキする。

「――本当に気持ちのいい風ですね。湖もとても綺麗ですし」

「ああ。この辺りは人が寄り付かないからな。ゴミを捨てたりする者もいない」

人が汚さないというのも、こんなに美しい湖を保っている理由なのね。

人が寄り付かないのは魔物が出るかもしれないからだとわかっているけれど、アレクシス様が一緒にいてくれるから私は全然怖くない。

「……君が来てから、辺境騎士団はまるで生まれ変わったかのようだ」

「え？　生まれ変わった？」

「俺たちにかけられた呪いが解けたかのように、みんな明るくなった」

「…………」

ふとそう口にされたアレクシス様の言葉。

「それだけではない」

立ち止まり、こちらに身体を向けるアレクシス様を見上げると、まっすぐな視線と目が合った。

「君が来てくれて、俺という人間も変わった。変われた」

「…………」

「初めてなんだ。こんな気持ちになれたのは」

そう言って握る手に力を込めるアレクシス様の頬が、ほんのりと赤く染まっているような気がする。

こんなに熱くなっているアレクシス様を見るのは、初めてだわ。

「いつも本当にありがとう」

「！」

アレクシス様は握っていた私の手を顔の前まで持ち上げると、手の甲……指の付け根辺りに、優しく口づけを落とした。

伏せられたアレクシス様の目元で、長いまつげが揺れている。

筋の通った高い鼻も、なめらかな頬も本当に美しくて……。

私の鼓動は早鐘のように刻み出す。アレクシス様の唇が触れている部分がとても熱い。

「アレクシス様……」

「……こんな人は、もう二度と現れない」

「え？」

そっと唇を離して独り言のように紡がれた言葉は確かに私の耳に届いたけれど……アレクシス様は視線を下ろしたままでいる。

「………」

「アレクシス様……？」

「……！　すまない、許可もなく触れてしまった！」

「いいえ、それは構わないのです。私たちは結婚する仲ですし、私は……嬉しかったです」

でも、こんな人はもう二度と現れないというのは、どういう意味かしら……？

尋ねてみたいけど、胸がドキドキしてその言葉が口から出てこない。

私たちが愛のない結婚をするということを、忘れてしまいそうになる。まるで普通の恋人同士のようだと、錯覚してしまいそうになる。

「……今、嬉しかったと言ったか？」

「えぇっと……、その……大丈夫です！　ちゃんとわかっています‼」

だけど、それは違う。私たちは愛のない結婚をする。だから、これ以上アレクシス様を好きになってはいけない――。

そう思って胸の前でぎゅっと手を握り、アレクシス様から顔を逸らすように勢いよく身体を捻ったら。

「モカ――！」

「――え？」

アレクシス様が、初めて私の名前を呼んでくれた――。

そう思った直後。足下がぐらついて、身体が傾いた。

「あっ……」

「危ない……‼」

「――‼」

〝ドッボーン！〟

注意力散漫にもほどがある。いい大人なのに、湖に落ちてしまうなんてあり得ない。

大きな音を立てて水の中に落ちてしまったことが恥ずかしすぎて、このまま沈んでしまいたい……。そう思ったけれど、底は思ったより浅かった。

「大丈夫か？」

「……あれ？」

しかも、水は冷たいはずなのに、なぜだかあたたかい温もりを感じて目を開ける。

「アレクシス様……⁉」

「痛いところはないか？」

「だ、大丈夫です……！」

目の前には、アレクシス様がいた。

小さく笑いながら濡れた前髪をかき上げて、私の身体を支えてくれている。

「そうか、よかった。しかし、派手に転んだな」

「……ほ、本当に申し訳ありません‼」

湖に落ちそうになった私に手を伸ばし、身体が打ち付けられてしまわないよう庇ってくださったのね……‼

それを理解して、すぐに謝罪の言葉を口にしたけれど、アレクシス様は爽やかに笑って見せた。

「気にしなくていい。水遊びなんて何年振りかな」

「本当に……何と言っていいか……」

「君に怪我がなくてよかった」

「……アレクシス様」

嫌味でもなんでもなく、気持ちのいい笑顔でそう言って立ち上がったアレクシス様は、私のことも手を引いて立ち上がらせてくれる。

水は冷たいけれど、アレクシス様の熱がより一層伝わってきて、私の身体は熱くなる一方。

「……ありがとうございます」

「君といると本当に退屈しないな」

湖から上がると、アレクシス様は不意に上の服を脱ぎ始めた。

「……‼」

「君も、可能な限り絞っておいたほうがいい」

「は、はい……」

そう言いながら自らのシャツをぎゅっと絞るアレクシス様。

鍛え抜かれたたくましい胸筋や腹筋、腕の筋肉が露わになって、私の心臓はドキドキと鼓動を速める。

「どうした？」

「いいえ……！　ごめんなさい……‼」

そんなアレクシス様をじっと見つめてしまっていた私は、彼の視線にはっとして自分のスカートの裾を軽く絞った。

「びしょ濡れだな。帰るまで我慢できるか？」

「はい」

「髪が――」

「？」

アレクシス様を見ないようにしていた私に、彼は何か言いながら手を伸ばしてきた。

何だろうと思って視線を上げると、アレクシス様の手が私の頬に触れて、至近距離で目が合う。

じっと私を見つめているアレクシス様の瞳が熱を孕《はら》んでいて。ドキリと鼓動が跳ねるけど、今度は私も彼から目を逸らせなくなった。

「……アレクシス、様？」

「…………」

何か言いたげな顔で、でも何も言わずに私を見つめながら、アレクシス様は私の頬を撫でた。

一瞬と呼べるほど短い時間だったと思うけど、私には時間が止まったように感じた。

「髪が、」

「……え？」

「髪が張りついていたから」

「あ……っ、ありがとうございます……！」

「いや」

……びっくりした‼

そうなのね、髪が邪魔だと思って、よけてくれただけなのね……‼

至近距離で見つめられて頬に触れるものだから、キスされるのかと思ってしまった……。

そんなはずないのに。

「君が風邪を引いてしまったら大変だ。急いで帰ろう」

そう言いながらまだ濡れているシャツをもう一度着て、アレクシス様は歩き始める。

「……もう、名前で呼んでくださらないのですね」

「え？」

その後ろ姿を見つめながら、私は心の声を漏らしてしまった。

立ち止まってこちらを向いたアレクシス様に私のほうから歩み寄り、今度は私が彼に手を伸ばす。

頬ではなく、濡れたシャツにだけど。

「これは――」

そして、風魔法を使って一瞬にして濡れていた彼の服と髪を乾かした。

「すごいな……」

感心してくれているアレクシス様の言葉を聞きながら、私も自分の服を一瞬で乾かす。

「私にできることは、これくらいですから」

そして、そんな偉そうなことを言ってみたけれど。私が気をつけていれば湖に落ちることもなかったのよね。

「身体が冷えてしまったかもしれません。今日はもう帰りましょうか」

ただでさえアレクシス様は疲れているのに、とんでもないご迷惑をおかけしてしまった。もともと今日は早く帰るつもりだったし、アレクシス様に風邪を引かせてしまっては、聖女失格。婚約者失格だわ。

「モカ――」

「！」

そう思って帰る準備をしようと足を進めたら、背中からアレクシス様の声が届いた。

「ありがとう」

名前を呼ばれたことに驚き、足を止めて振り返ると、アレクシス様がとても優しい顔で微笑んでいて。

「これからは〝モカ〟と、名前で呼んでもいいだろうか？」

「も、もちろんです……‼」

思いがけないその問いに、私は力一杯頷いた。

そうしたら、アレクシス様は嬉しそうに笑ってくれて。

最初の頃の、〝誰のことも信用していない〟というような威圧的なオーラが嘘のように、とても優しい瞳を私に向けてくれていた。

それはまるで、愛しいものを見るかのような、あたたかい眼差しだった――。

「――しかし、何とも格好悪い姿を見せてしまったな。落ちる前に支えられていたらよかったのだが」

帰りの馬車の中で、アレクシス様は照れくさそうに頭を掻きながら、改めてそう口にした。

「いいえ！　アレクシス様はとても格好よかったです‼」

「え……」

「あ……」

思わず、〝格好悪い〟というところを思い切り否定してしまったけど、そういうことじゃないわよね。

「そもそも、私の不注意ですので！　アレクシス様のおかげで私は怪我ひとつしませんでした！」

事実を言っただけなのだけど、アレクシス様が頬をほんのりと染めて私を見つめたから、私の顔にも熱が集まっていく。

どうしてかしら。何だかアレクシス様のことをとても意識してしまう……！

「それに、アレクシス様はいつも忙しくお仕事をされていて、疲れているはずなのに……さすがは騎士団長様です！」

私が湖に落ちそうになってからのアレクシス様の俊敏な動きは本当にすごかった。私が怪我をしないよう、庇ってくださったのだから。

「昨日もあまり寝ていないのですよね？」

「ああ……だが俺は数日睡眠が取れなくても平気なように、鍛錬を積んでいる」

「そうなのですね……」

辺境騎士団、それも団長様ともなれば、そんなに過酷なトレーニングもしているのね。とても高位なお方なのに……。

アレクシス様のこれまでの苦労を想像すると、胸がきゅっと締め付けられる。

「……それに俺は、大切な人を守っていける、強い男でなければならないんだ」

そう思って俯いた私に、アレクシス様が改まったように言った。顔を上げて彼の目を見つめると、とても真剣な表情のアレクシス様がそこにいて。

「大切な人を、この手で守りたいと思っている」

「大切な人……？」

まっすぐに私の目を見て、もう一度その言葉を繰り返すアレクシス様。

……アレクシス様には、大切な人がいるのね――。

特定の誰かを思い浮かべているのがわかる、真剣な眼差し。

……きっと、私がここに来る前から想っている人がいるということよね？

それを思うとちくりと胸が痛んだけれど、それでもアレクシス様の妻になるのは私。

だから、少しでもアレクシス様の力になりたいと思っている。

「……とても素敵です。ですが、せめて今だけはゆっくり休んでほしいです」

アレクシス様にそんなふうに想われている人は幸せね。少し、その人が羨ましく思うけど。

「私の前では、気を張らないでほしいです。これでも私は一応聖女です。もっと頼ってください！」

〝聖女は国のためにあるべき〟と、何度も何度も教わってきた。そして私は今、辺境騎士団団長である、アレクシス様に嫁ぐためにここにいる。

魔物から国を守ってくださっているアレクシス様の助けになることが、今の私の役目。

「……では、早速頼らせてもらっていいだろうか？」

「もちろんです！」

それが伝わるようにアレクシス様の瞳をまっすぐ見つめて答えたら、アレクシス様が私の隣に移動してきた。

「失礼」

「はい。……？」

どうして隣に移動するのだろう？

そう思ったけれど、一言呟いたと思った次の瞬間には、アレクシス様の頭が私の肩に乗った。

「ア、アレクシス様……？」

「重くないだろうか」

「は、はい、平気ですが……」

「そうか。では少し、このままこうしていてもいいだろうか」

「……もちろんですっ‼」

休んでほしいとは言ったけど……！　まさか、こんな形でお休みになるなんて……‼

私の心臓はフル稼働。ドキドキいっているのが聞こえていないかしら……⁉

とても緊張するけれど、ちらりとアレクシス様に視線を向けると、とても穏やかな表情で目を閉じていて、私もあたたかい気持ちになっていく。

アレクシス様が気を許してくれているようで、何だかすごく嬉しい。

どうか今だけは……普通の婚約者同士のように、この穏やかな時間を過ごすことをお許しください。

私は心の中でそう願った。

今日一日で、とても距離が縮まったような気がする。

この想いの行く先は

「俺はモカのことが好きだ」

ピクニックから戻り、モカを自室へ送り届けてきた俺は、執務室のソファに座って心の声を漏らした。

「……俺に告白されても」

ちょうどそこに入ってきたノアが溜め息をついたが、俺は構わず自分の気持ちを吐露し続ける。

「彼女は優しくて清らかでとても愛らしい女性だ。帰りの馬車では彼女の肩に寄りかかって休んでしまったが……とても癒やされた。これで後十日は寝ずに仕事ができそうだ」

「ふーん。さすが聖女様」

それにしても、まさか女性に対してこんな感情を抱く日が来るとは思わなかった。

彼女が湖に落ちそうになったときは驚いたが、身体が勝手に動いていた。俺はモカに傷ひとつ負わせたくないと思っている。モカのことがとても愛おしく、大切だ。

濡れて肌に張りついた髪を取ってやろうと、彼女の頬に手を触れたときは、そのなめらかであたたかい感触に、思わず手が離せなくなってしまった。

そして、水に濡れているモカに、色気を感じてしまった。もっと彼女に触れたいと思った。冷えてしまった身体を抱きしめ、あの小さくてやわらかそうな唇にキスしてみたいと——考えてしまった。

「……くっ」

「相当重症だな」

あのときのモカを思い出しひとり悶える俺に、ノアは引き気味に「大丈夫か？」と呟いた。

「それにしても、随分仲良くなったんだな」

「ああ。俺の妻はもう、モカ以外考えられない」

「へぇ」

俺がどれだけ本気かようやくわかったのか、ノアは少し真面目な表情で俺の向かいに座った。

「モカは俺の気持ちをわかってくれただろうか……」

「気持ちを伝えたのか？」

「ああ、伝えた」

「へぇ、伝えたのか……」

「何だ？」

俺の返答を聞いて意外そうに目を見開き、声を漏らすノア。

「おまえのことだから、結局伝えられずに終わるだろうと思っていた。すまない、見直したよ」

「俺だってやるときはやるさ」

少し得意気に答えると、ノアは小さく笑みを浮べながら言った。

「そうか、それじゃあ正式な夫婦としてやっていくんだな。おめでとう」

「え？」

「……？　何だよ」

しかし、ノアから返ってきた言葉には、俺が首を傾げる。

「気持ちは伝えたが、そうと決まったわけではない。これからだって、彼女が嫌になればここを出ていってくれて構わないと思っている。……そうはなってほしくないが」

「は？」

そして今度は顔をしかめて少し大きな声をあげると、身を乗り出す勢いで聞いてきた。

「なぜだ？　彼女もおまえの気持ちに応えてくれたんだろう？」

「いや、それは聞いていない」

「はあ？　普通、応えるだろう？　私も好きだとか……せめて、嬉しいとか！」

「ううん……。だが、〝私も〟というのはおかしいだろう？　俺だって別に好きだと言ったわけではないし」

「……好きとは言ってない？」

「ああ」

「じゃあ、何て言ったんだよ？　気持ちを伝えたんじゃなかったのか？」

なぜだかイライラしている様子のノア。正直、ノアにそこまで教えてやる義理はないのだが、こいつがあまりにも疑いの目を向けてくるから、仕方なく教えてやることにする。

「俺には〝大切な人がいる〟と」

「……まさか、それだけか？」

「ああ。だが、彼女の目を見つめて、手を握りながら伝えた。それに……手の甲に口づけた。俺の気持ちは届いているはずだ」

「…………」

どうだと言わんばかりに言ったが、ノアからは盛大な溜め息。

「おまえ……それでは、ちゃんと伝わっているかわからないぞ」

「……何だと？」

「せめて〝その大切な人はあなただ〟と言わなければ」

やれやれ……と息を吐きながら呆れたように頭を抱えるノア。

「しかし俺たちは結婚するんだ。どう考えても俺の大切な人など、モカ以外にいないだろう？」

「彼女の知ったことか！　まだここに来て日も浅いんだ。おまえには他に大切な女性がいると思われていても、おかしくないぞ？」

「なに!?」

それはまずい。俺が好きなのはモカだ。他の女性なんて、存在しない。

「では、はっきり〝好きだ〟と伝えるべきなのか……。そういうものなのか……」

「やっぱりおまえには無理か。しょうがない、俺が協力してやろう――」

「いや。俺が自分でちゃんと彼女に伝える」

ノアが何か言いかけたが、それはだめだ。俺は自分でこの気持ちを伝えたい。この気持ちは俺にとってとても大切なものだから。だからこそ――。

「……大丈夫なのか？」

「もちろんだ。この気持ちを言葉にすればいいのだろう？　今の俺は溢れ出るこの気持ちを止められないほど、モカのことが好きなのだから、とても簡単なことだ」

「………………」

彼女がどんな反応をするかはわからないが、俺はきちんと自分の口でこの気持ちを伝える。

それにどうせ、遅かれ早かれ、もう我慢できなくなるだろう。

今だって、既に理由もなくモカに会いたい。モカに触れたい。この手で抱きしめたい――。

そう、強く想ってしまっているのだから。

善は急げだ。すぐにこの気持ちを言葉にしてモカに伝えようと、早速俺は彼女の部屋へ向かった。

しかし、その途中。

「――え⁉　振られた⁉」

何とも縁起の悪い言葉が俺の耳に飛び込んできて、思わず足を止めた。

「おまえたちは両想いじゃなかったのか？」

「そう思っていたのだが、どうやら俺の一方的な想いだったらしい……。彼女はただ騎士である俺の存在に感謝していただけで、他に好きな男がいるんだとか……」

「気の毒に……」

「それを俺は、彼女に好意を寄せられていると勘違いして、告白してしまった……。彼女はとても困った様子だった。もう、これまでのようには会えない」

……勘違い？　もう、これまでのようには会えない……？

部下の騎士たちが話しているそんな会話に、俺の身体を嫌な汗が流れる。

「こんなことになるなら、気持ちなんて伝えなければよかった……そうしたら、せめてこれまでのように笑って彼女と話せたのに……」

「しかし、父上に『帰ってきて家業を継げ』と言われているんだろう？　どうするんだよ」

「ああ……心に決めた相手がいると言ってしまった……二日後に父が会いに来てしまう……」

「………」

困った様子で頭を抱えている部下の事情も気になるが、彼が先ほど放った言葉が俺の頭の中をぐるぐるぐるぐると何度も巡った。

想いを伝えることで、これまでの関係が崩れるということがあるのか……?

「そんな……」

モカの笑った顔が頭に浮かぶ。

〝アレクシス様!〟そう、俺を見て嬉しそうに笑っている明るいモカが、俺は好きだ。

しかし、モカも俺の想いを聞いたら困ってしまうのだろうか……。

俺たちの結婚に愛はなく、夫婦らしいことを望むつもりはないと、最初に伝えている。

だからモカは、安心して俺と接してくれているのではないだろうか。

そうなのだとしたら、俺の気持ちを押し付けることが彼女にとっていい道だとは言い切れないな……。

もしもあの笑顔をもう二度と俺に向けてくれなくなってしまったら……俺はきっと、彼女がここに来る前の自分に戻ってしまう。

「モカを困らせてしまうなら……この想いには蓋をしたほうがいいのだろうか」

彼女とのデートが楽しすぎて、俺は少し調子に乗っていたかもしれない……。

謎の女性1

アレクシス様とのピクニックは、本当に楽しかった。

「素敵な時間だったわ」

あれから二日が経ったけど、今でも思い出すだけで胸がドキドキする。

また一緒に出かけたい。でも……。

アレクシス様には大切に想っている相手がいる。この騎士団に女性はいないから、街で暮らしている方かしら。それとも、王都に残してきた人がいるの……？

「……まさか私じゃ、ないわよね……？」

少しだけ……本当に少しだけど、もしかしたらそうかもしれないと考えてしまう。だってアレクシス様は、私にとても熱い眼差しを向けていたから。

「……考えたって仕方ないわね！」

もしそうだったらとても嬉しいことだけど。私たちは結婚するのだから、いずれわかるわ。

とにかく今は私にできることをやりましょう。

そんなことを考えながら今日も回復薬作りに励んだ。

アレクシス様のことを想いながら作ると、そんなに頑張らなくても上質な回復薬が出来上がる。

不思議だわ……。でも、心が弾んで、うきうきして、胸があたたかくなって、自然といいものが完成するのよね。それに、なぜか私の疲労も少ない。

夕食の準備が始まる時間まで回復薬作りを行って、私は魔法部屋を出た。

私に無理のないペースで回復薬作りをさせてもらっているとはいえ、王宮で働いていた頃よりも上質なものが負担なく作れている気がする。

「私はただのスペアなのに……本当に不思議だわ」

今日の夕食は何かしら。そんなことを考えながら、足取り軽く調理場へ向かっている途中。

アレクシス様の後ろ姿が目に入った。

背が高くて姿勢よく、がっしりとした肩幅。黒い髪と、黒い騎士服がとても似合っているあの後ろ姿は、間違いなくアレクシス様。

「アレクシス様――」

……あら?

思いがけずお会いできたことに嬉しくなって駆け寄った私は、その隣にスタイルのいい女性がいることに気がついて、ぴたりと足を止めた。

あの女の人は、誰……？

女性にしては背が高く、スラリとした美人。長くて艶のある赤い髪が本当に美しい人。

「モカ……！」

「あ……」

じっと見つめていた私に気づいたアレクシス様が、私を見てはっとした。

何だか、見られたくなかったような、気まずい表情をしている。

「すみません……お取り込み中でしたね」

「あ……いや、違うんだ、この人は――」

女性と目が合うと、ふっと意味深に小さく笑われた。

私とは違って大人っぽい人で、切れ長の目はどこか隙がなく余裕を感じる。でもとても美しい人で、女の私でさえドキリと胸が鳴る。

「失礼しました、私、夕食の準備を手伝ってきますね」

「モカ……！」

ふたりがとてもお似合いに見えて、思わず逃げるように立ち去ってしまった。

私ったら……もしかしたら、アレクシス様と本当の夫婦になれるかもしれないと期待してしまったわ……。

あの人が、この間アレクシス様が言っていた、〝大切な人〟よね？

初めて見る人なのに、アレクシス様の隣にいることがとてもしっくりくる人だった。空気感というか、雰囲気というか……。きっとおふたりは昔から親しい間柄なんだと思う。

何となくだけど、そんな気がした。これが女の勘ってやつかしら？

……でも、アレクシス様にはあんなに美人のお相手がいたのね。あの人とは結婚できないのかしら？

身分の違いとか……？

だから私と、愛のない結婚をするの？

「…………」

胸がぎゅっと締め付けられる。とても苦しくて、涙が出そうになる。

いつの間にか私は、アレクシス様のことを好きになってしまっていたんだわ……。

＊＊＊

「ああっ……まずい、絶対に誤解された……!!」

執務室に戻ってきた俺は、先ほどの状況に頭を抱えた。

「誤解だってちゃんと説明すればいいだろう？」

「しかし……！」

「モカちゃんは、ちゃんと話せばわかってくれるって」

まるで他人事のように（そうなのだろうが）、ソファに足を開いて座っているノア。

「俺が一緒にいってやろうか？」

「……いい。俺がちゃんと彼女と話す」

「おお。アレクも男らしくなったな」

「…………」

ははははは！　と男らしく、豪快に笑っているノアは、やはり他人事なのだろう。

まぁいい。しかし俺ひとりで説明して、彼女は本当に信じてくれるだろうか……。

「ノア、君はもう戻っていいぞ」

「ああ。そうするよ」

ソファに座ったままでいるノアにそう声をかけて、俺はすぐに誤解を解こうと、彼女がいるだろう調理場へ足を進めた。


「モカ」

「……アレクシス様」

「少しいいだろうか」

「……はい」

モカは、今日も夕食作りの手伝いをしていた。俺の姿を見て少し戸惑いの色を顔に浮べたが、ティモと目を合わせると、彼女はエプロンを外して俺に歩み寄ってきてくれた。

「――先ほどの女性のことだが」

人気のない落ち着いて話せるところまで少し歩き、早速本題に入る。

「わかっています」

「え？」

「あの女性はアレクシス様の大切な人ですよね？　大丈夫です。私は自分の立場もわきまえず、最近は少し調子に乗っておりましたね……。申し訳ありません」

しかし、やはりモカは誤解しているようだった。口元に笑みを浮べてはいるが、目元は笑っていない。それに、前で組んでいる両手が小さく震えているように見える。

「違う！」

「……？」

「あの人と俺は、まっっったくそういう関係ではない‼」

だから、思い切り否定した。

あの人が誰であるのか、俺の口から詳しく説明していいのかわからないが、とにかく信じてもらえるよう伝えるしかない。

「ですが、随分親しいようでしたし……」

「それはそうなのだが……それには訳があってだな」

そう。確かにあの人とは親しい。それは間違いない。

しかし、モカが思っているような関係ではない。

彼女が誰であるのか、はっきり言えたらいいのだが、俺の口からは言えない。

ああ、何と説明すればいいんだ……！

「──アレク」

「！」

うまい説明が見つからず頭を抱えていると、今モカと話していた例の女性が入ってきた。

謎の女性2

「あ……」

アレクシス様が先ほどの女性のことを私に説明しに来てくれた。別にそんな必要はないのに。アレクシス様は律儀な方なのね。

そう思っていたら、例の女性もやってきて、アレクシス様を愛称で呼んだ。

私よりも背の高いその女性を見上げたら、ぱちりと目が合った。

やっぱり、とても綺麗な人。何度見ても、本当に美しい人だわ……。

女性は私と目を合わせて口元に小さく笑みを浮べた。あまりの美しさにドキリと鼓動が跳ねた私は、さっと目を逸らしてしまう。

アレクシス様は気まずそうな表情をしている。

私とふたりきりで話しているところを見られて、気にしているのかしら。

「すみません、私はもう、アレクシス様とふたりで会ったりしませんので――」

「やっぱりちゃんと言えてないんだ」

だから私から身を引こうと思ったら、女性が溜め息をつきながら言った。

「そうだろうと思って、来てやったぞ」

「え――？」

けれど私には、その、女性の割に低い声と男らしいしゃべり方に聞き覚えがあって、耳を疑った。

「ごめんね、モカちゃん。こいつは俺のことを気にしてくれているんだ」

「……ノア」

「えっ……ノ、ノアさん……!?」

「そう。俺だよ。びっくりした？」

「どういうことですか……!?　え、ノアさん、女装？　え？？？」

改めてじっくり顔を見つめてみると、確かに面影がある。綺麗にお化粧をして、女性物のドレスを着て、髪を下ろしているから、いつもと全然印象が違うけど。

……でも、この人はどう見ても女性。

「俺ね、実は女なんだ」

「ノアさんが、女性……？」

「正確に言うと、身体だけ、だけど」

「あ……」

「幼馴染ってこともあって、アレクに嫁ぐよう言われてここに来たのは事実。でも、いくらアレクでも男と結婚するなんて嫌でね。まぁ、偽装結婚すればよかったのかもしれないけど、アレクの将来まで巻き込みたくなかったから、こうして男として、ここで騎士になったというわけ」

「そうだったのですね……」

そういえば、アレクシス様にはそんな噂があった。アレクシス様に嫁いできた女性が、恐怖に耐えられず自害してしまったと——。

その女性とは、ノアさんだったのね。生きていたんだわ……よかった。

ようやく状況を理解した私は、アレクシス様がその噂を否定しない理由も何となく察した。

ノアさんが今、男性として生きていることを公にしないためだ。

副団長であるその実力は本物だろうし、きっと並大抵ではない努力をされたんだと思う。

「それにしても、どうして女性の姿に……？」

「ああ、これは騎士団を辞めて実家の家業を継げと言われた部下のために、仕方なく婚約者のふりをしてやったんだ。俺が本当は女だというのは、騎士団だけの極秘事項なんだ」

「なるほど……」

「部下には本当は好きな相手がいたらしいが、振られたからと、泣いて頼まれたよ」

「それは、何と言いますか……」

気の毒だよね。と言いながら、ノアさんは溜め息をついていつものように髪を結い上げた。

「でも、あのときアレクと偽装結婚しなくてよかったと、今では心から思うよ」

「?」

「ノア、もういい」

意味深なことを口走ったノアさんだけど、アレクシス様が割って入ると、何かを察したように小さく笑った。

「それじゃあ、俺は着替えてくる。またね、モカちゃん」

「はい」

そのままノアさんは去っていったけど、最後まで女の私でもドキドキしてしまうくらい、美しかった。

「…………」

「…………」

再びふたりきりになったところで、私はアレクシス様に向き直る。

「ノアさんがまさか女性だったなんて、驚きました」

「黙っていてすまない」

「いいえ！　ノアさんのために本当のことが言えなかったんですよね？　それに、男性でも女性でも、ノアさんはノアさんですし」

「ああ……あいつはあの姿になるのは好きではないのに、誤解を解くためにわざわざ着替えずに来てくれた。いい奴だ」

「はい」

本当にそうだわ。それに、おふたりの絆の深さが伝わってくる。

「すぐに信じることができなくてすみません」

「いや、君は何も悪くない！」

「でも、ほっとしました」

「……それは、どうしてだ？」

「え？」

つい本心をこぼした私に、アレクシス様が追求する。

「俺とノア……あの女性との間に何もないとわかって、君は嬉しかったのだろうか？」

そう、私はアレクシス様に他の女性がいなくて心底安心している。でも、それをアレクシス様に伝えていいのかしら？　もしかして、彼を困らせてしまう……？

「………」

「その、つまりそれは、君は俺のことを――」

「そうだわ！　そろそろ戻って夕食の準備をしないと……！　すみませんアレクシス様、それでは、また！」

焦ってしまった私は、つい一方的にそう言い切って、アレクシス様の顔を見ずに調理場へ走った。

思わず逃げてしまった……。

でも、今私の顔は真っ赤になっていると思う。

こんな顔をアレクシス様に見られたら……アレクシス様のことが好きだと言っているようなものだわ。

「ああ……もう」

熱くなった顔を手のひらで覆って、先ほどのアレクシス様の眼差しを思い出す。

でも、あの女性の正体がノアさんで、本当によかった。

私は、アレクシス様のことが好き……大好き——。

覚醒

その日、アレクシス様に夕食に誘われた。

いつもは食堂で騎士団の皆さんと一緒に食べるのだけど、今日はアレクシス様のお部屋で、ふたりきりで食事をしようと。

「――美味しいですね」

「ああ、君が料理を手伝ってくれるようになってから格段に美味しくなったが、今夜は特に美味しく感じる」

「作ったのはほとんどティモさんたちですけどね」

ふたりきりの室内で、アレクシス様と向かい合って。

みんなで楽しくとる食事も好きだけど、こうしてアレクシス様と会話しながらゆっくりとる食事も、私にとっては素敵な時間。

……アレクシス様も、少しでもそう思ってくれていたら嬉しい。

でも、アレクシス様はお忙しいはずなのに、こんなにゆっくり食事を楽しんでいていいのかしら……？

それとも何か、どうしても私に話したいことがあるとか……？

どうしてもそわそわしてしまう私は、時折ちらちらとアレクシス様に視線を向けた。

いつも思っていたけれど、アレクシス様は食事の所作も完璧で、とても美しい。

社交の場に出る機会はあまりなくても、この若さでヴェリキー辺境伯の爵位を継いでいる方なだけあって、幼い頃から一流の教育を受けてきたのだと思う。

私も一応子爵家の娘として淑女教育は受けたし、聖女として登城してからはヴィラデッヘ様の妻になるため、厳しい教育を受けた。

それでもアレクシス様の動作は、ひとつひとつが惚れ惚れしてしまうほど美しい。

「――モカ」

「はい……っ！」

そんなことを考えながらアレクシス様に視線をやっていた私は、ふいに名前を呼ばれて跳ねるように返事をしてしまった。

つい大きな声を出してしまったわ……！　はしたなかったかしら!?

「俺は君に、伝えたいことがあるんだ」

「はい。……？」

おかしな反応をしてしまった私を気に留めず、アレクシス様は真剣な表情で私を見つめた。

「これは俺の一方的な想いだが、どうしても君に伝えておきたい」

「はい」

手を止めて、そう前置きをするアレクシス様の表情はとても硬い。

すごく緊張しているのがこっちまで伝わってきて、私も手を止めて真剣に向き合う。

「迷惑に感じさせたり、これまでのように接してもらえなくなってしまうのは困るのだが……」

とても言いづらいことなんだわ。何かしら……。

でも、聞きたい。アレクシス様の想いなら、一方的だろうと、迷惑なことだろうと、私は聞きたい。

「何ですか？　どうぞ、はっきりおっしゃってください」

だから覚悟を決めて先を促したら、アレクシス様も意を決したように私をまっすぐ見つめて口を開いた。

「モカ、俺は君のことが――――！」

けれど、そのとき。

「アレク！　入るぞ‼」

「……！」

ノックもなしに、扉の向こうからノアさんの慌てた声が聞こえて、私とアレクシス様は同時にそちらに顔を向けた。

「……ノア、どうした」

「あいつだ……、バジリスクが、現れた……‼」

「何だと⁉」

勢いよく部屋に入ってきたノアさんは、肩で息をしながらその名前を口にした。

バジリスクって……以前アレクシス様から話を聞いた魔物……。それがまた、騎士団やこの街を襲おうとしているの……？

「森からこっちに向かってきている。動ける者はすぐに向かわせた」

「わかった、俺もすぐに行く」

一瞬にして、ピリッとした空気が部屋を包んだ。ふたりとも、いつもと違う。バジリスクがどれほど危険な魔物であるのか、ふたりを見るだけでよくわかる。

「モカ、俺たちはすぐに森へ向かう。数人の騎士は残していくから、君はこの建物から出ないよう——」

「私も行きます！」

「——なに？」

けれど、私の覚悟だってとうにできている。

「私はアレクシス様の妻になる女です！　それに聖女として、何か力になれるかもしれません‼」

「しかし……」

「今度こそ私はアレクシス様やこの騎士団のために……この地のために、聖女として力になります‼」

力強くはっきり言い切ると、アレクシス様は一瞬黙り込んだけど。私の決意を感じ取ったのか、すぐに頷いてくれた。

「……わかった。モカも一緒に来てくれ」

「はい！」

そう言ってまっすぐ私に視線を向けたアレクシス様は騎士団長様のお顔をされていて、とても頼もしく見えた。

＊

騎士団城砦の裏にある巨大な森——その名はツォルンの森。

魔物が住まう森で、奥に進むと帰ってこられなくなると言われている、魔の森。

ノアさんの話によると、森を偵察中の者がバジリスクの鳴き声を聞いたのだとか。

『あの声を忘れるはずがない。間違いなく、あの魔物《バジリスク》が現れた』

その方は慌てて戻ってくると、ノアさんにそう告げたらしい。

討伐の準備を済ませてすぐに発った騎士たちの後を追うため、私はアレクシス様と同じ馬に乗り、ノアさんらとともに森の奥へ向かった。

アレクシス様の表情に、かつて見たことがないほど緊張の色が浮かんでいる。ノアさんも、他の騎士たちも……。深刻な表情で手綱を握っている。

アレクシス様に抱えられるような形で乗馬していることにはもちろん緊張したし、近すぎる距離にドキドキしてしまったけれど、今はそれどころではない。

「瘴気が強くなってきたな……無理をせず、体調の優れない者はすぐに退くように！」

「ハッ‼」

「モカ、君も平気か？」

「はい。私は大丈夫です。それに回復薬も持ってきました。皆さんも、何かあったらすぐに飲んでください！」

これまで私が作っておいた上級回復薬は、それぞれに渡してある。予備の分もあるので、何かあったら迷わず口にするよう、アレクシス様からも伝えてもらっている。

馬に揺られながら、私は散々「無理はしないように」と言い聞かせられた。

辺境騎士団を襲ったバジリスクは、太い木々を一瞬でなぎ倒すしっぽを持ち、石をも砕く鋭い牙に、剣を溶かす毒を放つらしい。

更に、『奴の瘴気を浴びれば生気を奪われる』。

アレクシス様はぎり、と奥歯を噛みしめながらそう続けた。

騎士団にかけられた呪いの正体は、バジリスクの瘴気ということかもしれない……。

「今度こそ、この手で奴を倒してみせる……‼」

アレクシス様も、ノアさんも、騎士団の皆さんも。もちろん私だって、気持ちは同じ。誰も傷ついてほしくないし、そんな危険な魔物は絶対に放っておけない。

私には剣は使えないけれど、聖女として私なりの戦い方があるはず。

〝――どうかお願い。みんなを守って――〟

胸の前で手を組んで、私は心からの祈りを捧げた。


「――止まれ！」

しばらく走ると、やがて木々が枯れているところに出た。瘴気も一層濃くなってきたのがわかる。

「……近いぞ」

耳を澄ますように黙り込み、何かに集中しているアレクシス様に、私も神経を研ぎ澄ませた。

とても大きな魔物の気配が近くにある。

……これは――。

「あっちです！」

「よし、行くぞ！」

「ハッ‼」

私が一点の方向に指を向けると、アレクシス様の合図で再びみんなは駆け出した。

間違いない……！　前方から、感じたこともないような大きな魔力を感じる。

とても恐ろしい魔物がいるのが、全身で感じ取れる。

「あれは――！」

そして、その魔物の姿はすぐに現れた。

高い木々から頭ひとつ飛び抜けている大きな顔は、まるでドラゴンのようにも見える。

大蛇のようなうねうねとした巨体は頑丈そうな鱗《うろこ》に覆われた皮膚をしており、赤く光る目と刃のように鋭い牙。

その姿は、まさに〝蛇の王〟そう呼ぶに相応しかった。

「団長――‼」

近くには先に討伐に向かっていた騎士たちがいて、私たちに気づくと声をかけてきたけれど。

「大丈夫か⁉　怪我をしている者は下がれ‼」

馬から落ち、肩から血を流して動けずにいる者が数名いる。

「大変‼」

「モカ……！」

私は急いで馬から飛び降りると、転びそうになる身体を踏ん張ってその方のところまで走った。

「大丈夫ですか⁉　すぐにこれを飲んでください……‼」

「モカさん……」

そして、肩から提げていたバッグの中から、回復薬の入った小瓶を取り出し、彼に飲ませる。

「……ありがとうございます、傷が治りました」

「よかった……！」

苦痛に顔を歪めていたけれど、すぐに落ち着きを取り戻していく騎士に、ほっと胸を撫で下ろす。

「下がっていろ！　彼女を頼む‼」

けれど、安心するにはまだ早い。すぐそこに、バジリスクがいる。

アレクシス様の呼びかけにはっとして立ち上がると、彼は既に弓を引いて矢を放っていた。

〝シャアアアア――‼〟

「……っ！」

アレクシス様が放った矢が腹部辺りに命中すると、バジリスクは頭に響くような奇妙な鳴き声を発した。

聞くだけで頭が痺れるような感覚が襲う。

「くそっ……！」

続いてノアさんや他の騎士たちも、矢を放っていく。数本が命中したけれど、致命傷にはならないバジリスクは、怒ったように赤い目をギラギラと光らせて騎士たちに巨大なしっぽをぶつけた。

「うわっ⁉」

「……‼」

避けきれなかった者たちが、馬ごと弾き飛ばされる。

「大丈夫ですか⁉」

「うう……」

よかった、息はあるわ！

急いで彼らに回復薬を飲ませようと駆け寄る。けれど、その直後に聞こえたアレクシス様の焦ったような大きな声。

「モカ――‼」

「……！」

振り返ると、私目がけて大きな口を開け、鋭い牙を剥き出しにしているバジリスクがすぐそこにいて。

「……‼」

このままでは私も一緒にいる騎士も、やられてしまう……！

そう思って身構えた直後。

「アレクシス様……！」

「……っ」

誰よりも早く剣を抜いたアレクシス様が、高く飛んでバジリスクの喉元に剣を突き刺した。

〝シャァァァァァ――――！〟

脳が震えるような咆哮《ほうこう》を浴び、身体がビリビリと痺れる。

これはまずい……、この息には、毒が含まれている……！

辺りの草木が一瞬にして枯れていくのを見て、このままでは私たちも死んでしまう。

そう思ったけれど。

バジリスクに剣を突き刺したアレクシス様が、私を庇うように目の前に現れた。

バジリスクに背中を向けて、私を守るように、抱きしめてくれた。

……アレクシス様――‼

彼の表情は窺えないけれど、その温もりは伝わってくる。アレクシス様の想いや、強さ。そういうものが全部、私に伝わってきたような気がした。

だめ……、しっかりするのよ、モカ。私は聖女なんだから――――！

〝お願い、どうかバジリスクの瘴気からみんなを守って――‼〟

バジリスクが再び大きく開口し、私たちに向かって猛毒を放とうとしているのがアレクシス様越しに見えた。

死んでしまうかもしれないという状況なのに。

アレクシス様の温もりの中で、私はとても穏やかな気持ちでいた。

きっと大丈夫。

どこからか溢れるそんな自信に、胸の奥が熱くなる。身体から何かが込み上げてくる。

そして。

〝カッ――！〟

私から溢れ出たとても強い光が、辺りを包んだ。

私自身、眩しくて目を開けられないような、強烈な光が。

それでも感じたのは、バジリスクが苦しみ悶えている姿と、騎士たちみんなが無事であるということ。

大丈夫。きっとすべて、うまくいくわ。

根拠のない自信が私の身体の奥から光となって現れ、バジリスクの瘴気を浄化していくのを感じた。

「……今のは、一体……？」

やがて光が消えると、ノアさんの声が私の耳に届いた。

「バジリスクは……、死んでいる？」

「まさか、今のは聖女様の聖なる光……？」

「それじゃあ、モカさんの力で……!?」

ぽつぽつと、他の騎士たちの声も聞こえてくる。その声は、歓喜に満ちていた。

「すごい……、まさか、聖女様の力でバジリスクを倒してしまうなんて……！」

「モカさん、いや、モカ様は真の聖女様だったのですね!?」

「……きっと、アレクシス様の剣が致命傷になったんです。よかった……。ねぇ、アレクシス様？」

未だに私を抱きしめてくれているアレクシス様だけど、皆さんの視線を気にして呼びかけた。

「モカ……怪我はないか？」

「はい、私は平気です」

「そうか……。よかった」

アレクシス様は私と目を合わせると、ほっと息を吐いた。

そんなアレクシス様を見つめていたら、彼の顔が近づいてきて。

「……アレクシス様っ」

キスされる――？

一瞬そう思ってドキリと鼓動が跳ねたけど、アレクシス様のお顔は私の頬をすり抜けて、そのまま私の肩に乗った。

びっくりした。

まさか、皆さんが見ているところでキスされるわけないわよね――。

「……アレク⁉」

「団長⁉」

なんて、私は少し呑気なことを考えてしまったかもしれない。

ノアさんが突然、焦ったような声でアレクシス様を呼んだと思ったら、他の皆さんも口々に彼を呼び、駆け寄ってきた。

「アレク、しっかりしろ！」

「……アレクシス様？」

そこで初めて、私は彼の身体から力が抜け落ちていることに気がついた。

苦しそうにしているアレクシス様の身体を横に寝かせると、ノアさんは彼の騎士服の襟元を強引に引き開けた。

「……！」

その胸元には、どす黒い痣があった。まるで生きているように動き、どんどんその範囲を広げているようにも見える。

「大変だ、バジリスクの毒を受けていたなんて……！　早く回復薬を……！」

「はい‼」

バジリスクは最後の力を振り絞って、アレクシス様に呪いをかけたのかもしれない――。

ノアさんに言われて、私は急いで回復薬をアレクシス様の口元に運ぶ。アレクシス様は苦しそうに息をしながらも、ゆっくりと飲んでくれた。

けれど、この程度の回復薬では効かない。

「だめだ……毒が強すぎる……！」

「そんな……もっと、もっと上級回復薬を……！」

痣が広がっていくアレクシス様を見つめて、私は震えてしまいそうになる手でもうひとつ小瓶を開けようとした。

「モカ……」

「アレクシス様、しゃべらないでください……‼」

「それは、他に怪我をしている者に使ってくれ……」

けれど、回復薬を握っている私の手を封じるように覆うアレクシス様。

確かに、バジリスクのしっぽに弾き飛ばされた者がまだ数人いる。

けれど、みんな回復薬を飲めば命は助かる。でも、アレクシス様は急がないと……！

「だめです、アレクシス様……！」

「モカ、君のおかげでこの騎士団の呪いは解けた。君が真の聖女だ。本当にありがとう」

しゃべる度に、アレクシス様の毒が広がっていっているように見える。

お願い、もう何も言わないで……！

「俺は、君に出会えて本当に幸せだった、とても、楽しかった……」

「私もです、アレクシス様……ですから、また一緒にピクニックに行きましょう？」

アレクシス様の鼓動の音がだんだん弱くなっていく。それなのに、アレクシス様は私の手に触れたまま、言葉を紡ぐ。

「ありがとう、モカ……本当に、ありがとう」

「アレクシス様‼」

最後にそう言って目を閉じたアレクシス様の手から、とうとう力が抜け落ちた。

そんな……！　いやっ……‼

大切な人を救えなくて、何が聖女よ……！

アレクシス様のことも、他のみんなも、私が絶対に助ける……‼

「モカちゃん……？」

ドクンドクンと、大きく鼓動が高鳴る。

強く願いながらアレクシス様の手を握りしめた瞬間。

〝パァ――……〟

胸の奥から湧き出る魔力で身体が燃えるように熱くなり、辺りを再び光が包んだ。

今度のは、さっきのとは少し違う、淡くて優しい光。

「この光は、何だ……？」

「とてもあたたかくて、落ち着く光だ……」

「なぜだろう、疲れが解けていくような……」

その光を見て、みんなが口々に言葉を紡ぐ。

「見ろ、アレクの痣が……！」

「！」

ノアさんの言葉に、アレクシス様の胸元に視線を落とすと、先ほどまでじわじわと大きくなっていた胸の痣が小さくなっていく。

そして、そのまま消滅した。

「……モカ？」

「アレクシス様‼」

それと同時にアレクシス様がゆっくりと目を開け、私の名前を呟く。

「大丈夫ですか、アレクシス様！」

「ああ、……毒が、消えたのか？　モカ、君が治してくれたのか？」

「よかった……！　本当によかったです、アレクシス様……‼」

自ら身体を起こして胸に手を当てているアレクシス様に、私は嬉しさのあまり思い切り抱きついてしまった。

「モカ……本当に君はすごいな。ありがとう」

「……はいっ！」

そんな私を、アレクシス様も優しく抱きしめてくれた。

よかった。本当によかった……‼


「――しかし、回復薬も使わずにすべて治してしまうなんて……」

アレクシス様の毒だけではなく、怪我をしていた他の騎士たちの傷も治っていることを確認すると、ノアさんが感心したように改めて呟いた。

皆さんの視線が一斉に私に向けられる。

「確かに。……モカ、君にはそんなに強い力があったのか」

「……私もよくわからないのですが、とにかく無我夢中で……」

「それに、俺たちがあの瘴気の中戦えたのも不思議だ。前回は火を焚いて、火矢で何とか追い払ったというのに」

「君は一体……」

確かに、これまであんな猛毒を受けた人を治したことはなかった。

私は薬草に魔力を注いで回復薬を作ることが主な仕事だった。

かすり傷程度の小さな怪我や重病ではない病なら治すこともできたけど、薬草に頼らず、魔力だけで猛毒を抜いたり大怪我を治したりできるなんて――。

「モカ、やはり君が真の聖女だったんだ」

「――え？」

アレクシス様の言葉に、顔を上げる。

「ただの〝スペアの聖女〟が、あんなことをできるとは思えない」

「そうだよ、モカちゃん」

「…………」

アレクシス様とノアさんの言葉を聞いて、他の皆さんも口々に言葉を紡ぐ。

「そうだ……聖女モカ様のお力で、我ら辺境騎士団は覚醒した……！」

「モカ様の料理を毎日食べていたから俺たちにかけられた呪いが解けて、バジリスクの瘴気にも耐えられたのか！」

「モカ様は、真の聖女様だった！」

「待ってください、私は……！」

「以前にも言ったが、やはり君が作った料理を毎日食べていたから、俺たちは強化されていたのだと思う」

「ですが、料理に魔力は注いでいません。それに、私は回復薬を作ることはできますが、呪いを解くことも戦力を高めることもできませんし……」

私だって以前にもそう伝えた。そんなことをすれば、さすがに魔力を使いすぎて私が倒れてしまうと。

だから、そんな期待に満ちた視線を向けられても……私は所詮、もう用済みになったスペアの聖女。

「大聖女――」

そう思っていたら、アレクシス様がぽつりと呟くようにその言葉を口にした。

「もしかしたら君は、数百年に一度誕生すると言われている、大聖女なのではないか?」

「……まさか」

「きっとそうだ。大聖女様なら、治癒魔法以外にも様々なことができてもおかしくない」

「そうか……大聖女様……! そうだ‼」

アレクシス様とノアさんの言葉に同意して、みんなが私に熱い視線を向けてくる。

「私が大聖女だなんて、そんなわけないですよ! 〝最強の騎士団〟の皆さんが、お強いからです!」

一瞬そうなのかもしれないと考えてしまったけれど、まさかそんなはずないわ。

真の聖女の中でも、ごく稀にしか誕生しないと言われている、万能の力を持った聖女、それが〝大聖女〟。

確かに大聖女ほどの力があれば、猛毒を抜いたり大怪我を負っている者を一度に治癒したりすることも可能だろう。

でも私は、王都ではすごく辛かった。もしも私が大聖女なら、あれくらいの仕事、もっと楽にできたはず。

「とにかく、君のおかげで俺たちが助かったことは間違いない。本当にありがとう、モカ」

「……！」

そう言って私の手を取ったアレクシス様は、紳士的な所作で手の甲に口づけた。

その後ろで、ノアさんを始めとした他の騎士たちは左胸に手を当てて、私に向かって頭を下げていた。

その光景を見て、私の胸が再びほっこりとあたたかくなるのを感じる。

……もしも本当に私がそんな力に目覚めたのだとしたら、それはアレクシス様やこの騎士団の皆さんのおかげだわ。

皆さんのために力になりたいと強く願う気持ちが、アレクシス様を想うこの心が、大聖女としての力を解放させたのだと思う。

私はこの騎士団が大好き。

「私からもお礼を言います。いつもありがとうございます！」

だからそう言って笑ったら、顔を上げた皆さんも優しく微笑んでくれた。

＊

「――モカ、少しいいだろうか」

「はい」

その日の夜。

部屋で休んでいた私のもとに、アレクシス様がやってきた。

「疲れているところ、すまない」

「いいえ。アレクシス様も、お疲れ様です」

あの後、バジリスクの亡骸《なきがら》の処理や、王宮への報告書の作成などで、騎士団は大忙しだった。

バジリスクのような伝説級の魔物の一部……たとえば牙や体内の毒などは、とても優れた武器として加工される。

皮膚なんかも専門的な職人にきちんと処理をしてもらって加工されると、頑丈な防具になるらしい。

とにかく、この騎士団の責任者であるアレクシス様は、事後処理に追われて夕食もとらずに仕事をしていた。

「何か召し上がりましたか？」

「ああ。君が作ってくれたスープとパンをいただいたよ」

「そうですか……。今ハーブティーを淹れますね」

それしか食べなかったのね。

そう思い、アレクシス様には座ってもらってからお茶を淹れようとしたら、「モカ」と後ろから名前を呼ばれて手を掴まれた。

「君も座ってくれないか？」

「……はい」

けれど、アレクシス様は私に何か話があるようで、真剣な表情を向けて私を隣に座らせた。

「君は本当にいつも、俺たちに元気を与えてくれる」

「そんな、私は大したことはしていませんよ」

「君が作った料理を食べるとそれだけで元気になる。……だが、それだけではない」

独り言のように呟いて、小さく笑ったと思ったら。アレクシス様は掴んだままだった私の手をぎゅっと握り、まっすぐに視線を向けて口を開いた。

「とにかく俺は、君には言葉では言い表せないほど、感謝している」

とても真剣で、優しい眼差し。

男の人に、こんなに真剣に私の目を見て話をしてもらったことはない。

「……君には自由にしていいと言ったが……、やはりひとつだけ伝えたいことがある。聞いてくれるだろうか？」

「何でしょう？」

アレクシス様の話はいつだって聞く。何でも話してほしいと思っている。

けれど彼は、乾いた唇を舐めると言い淀むように小さく息を吐いてから、緊張の色を顔に浮べた。

そして、何かを決心したように再び私を見つめると、ソファから下りて片膝をついた。

「モカ。これからもずっとここに……俺の妻として、いてほしい」

「――――！」

私の手を握っているその大きな手が、小さく震えている気がする。

そんなの、私の答えは決まっているのに。

「……もちろんです！」

だってそれは、私にとってすごく嬉しい言葉。

〝大聖女だから王都に帰れ〟なんて言われたら、どうしようかと思った。

けれど私はここでの生活が大好き。

アレクシス様のことが大好き。

だから帰りたくなんかない。

……カリーナも、王都でヴィラデッヘ様と幸せにしているかしら。

もしかしたら、私と同じように強い力が使えるようになっていて、大聖女と言われていたりして。

そんなことを考えながら、嬉々として返事をした私に、アレクシス様は続けた。

「それから、できればこれからは本当の夫婦として歩み寄れたらと、思う」

「……本当の、夫婦？」

「モカ、聞いてほしい」

「はい……」

かつてないほど、アレクシス様が緊張しているのがわかる。怖いくらい真剣な瞳だけど、やっぱりそんな表情すらも美しい人――。

「俺は、君のことが好きだ」

「……アレクシス様」

「愛のない結婚だと言ったが、俺は君のことを愛してしまった。いつも君のことを考え、君のことを想っている。俺にはもう、君のいない生活は考えられない」

「………」

はっきりと、まっすぐに。これ以上ないほどの愛が、アレクシス様の言葉から、声から、視線から、握られた手の熱から……伝わってくる。

「だからどうか、俺の本当の妻として、君と愛のある結婚をしたいと、そう思っている」

これまで、こんなにまっすぐな愛の告白を受けたことはない。

私はただの〝スペア〟として、姉の影で生きてきた。

聖女としてひたすら国に尽くしてきた。

でもアレクシス様は、まっすぐに私を見てくれている。私を想ってくれている。

それがこんなに嬉しいことだなんて。

アレクシス様がいてくれたら、私は何だってできてしまうような気がする。

「もちろんです……アレクシス様。喜んでお受けいたします」

「本当か？」

「はい。私もアレクシス様のことをお慕いしています。初めてあなたにお会いした日からずっと、あなたは素敵な人だと思っていました。だから、あなたと愛のある結婚ができるなんて……、私はとても嬉しいです」

本当に、こんな幸せってあるのかしらと思ってしまうくらい、私は幸せ。

「ありがとう、モカ。本当にありがとう。必ず君を幸せにする」

「私こそ、幸せにして差し上げますよ」

そう言って微笑み合うと、アレクシス様はもう一度私の隣に座り、優しく抱きしめてくれた。

＊

バジリスクの件は、王宮へも報告された。辺境騎士団が力を合わせて討伐したこと、大きな被害は出なかったこと。また、私が聖女としてその討伐に一翼を担ったことも、アレクシス様は報告してくれたらしい。

これで少しでも、辺境騎士団への悪い噂がなくなってくれるといいんだけど。

そう思って過ごしていた、ある日。

「――モカ、君に手紙だ」

「手紙……？　誰からですか？」

バジリスク討伐から数日が経ったその日。昼食を食べ終わった後、アレクシス様に呼ばれた私は彼の執務室を訪れていた。

「君の双子の姉、カリーナ・クラスニキ嬢からだ」

「……お姉様から？」

カリーナから、手紙。なんて珍しいの……。

これまでカリーナから手紙が届いたことは一度もない。

私をここに追いやったのも彼女だし、私は必要ないと言っていた。

もう私とは関わりたくないのだと思っていたのに……一体どうしたのかしら？

カリーナが手紙を書くようなタイプにも思えない私は、一抹の不安を抱きながらもアレクシス様から手紙を受け取り、封を切った。

「……大変だわ」

「何て書いているんだ？」

手紙の内容に目を走らせた私は、心配そうに見守ってくれているアレクシス様の問いに、彼を見上げる。

「王都に魔物が現れたそうです。それで、回復薬が足りないと。カリーナひとりでは回復薬を作るのが大変だから助けてほしい……私に帰ってきてほしいと、そう書かれています」

アレクシス様に隠し事をする気はないから、正直にすべてお話しした。

私は王宮に帰るつもりはない。

でも回復薬が足りないのなら、王都を守っている騎士たちやそこで暮らす人たちが心配なのは事実。

「そうか……。王都に魔物が現れたというのは俺たち騎士団にも知らされた。実は、バジリスクを討伐したと知ってか、辺境騎士団にも応援要請が来た」

「そうだったのですね」

「今更勝手なことだ」

アレクシス様は苛ついたご様子だ。

それもそうよね。辺境騎士団が助けを求めたときはまったく力になってくれず、見捨てていたというのに。

今になって〝助けてくれ〟というのは本当に勝手だわ。

でも、やっぱり民に罪はない。

「俺たちが覚醒したのは君のおかげだと思っている」

「………」

「だからどうしたいか、君の意見を聞こうと思った」

決定権があるのはアレクシス様だし、いくら団長様でも、お城からの応援要請を断ることなんてできないと思うけど……。

それでも私に相談してくださるなんて。

「私は……王都に、カリーナのもとに、行きたいです」

「君がとても辛い目に遭っていたのはわかっている。姉によりこの地に追放されたのだろう？　それに、この件の指揮を任されているのは君の元婚約者、ヴィラデッヘ殿下だ」

やっぱり。ヴィラデッヘ様が今でも軍事の指揮を任されているのね。

私が作った回復薬を辺境騎士団に送らなかったのも、彼らを見捨てたのも、すべてヴィラデッヘ様の判断ということ――。

「それを聞いて、尚更行かなければならないと思いました。それに私は聖女です。罪のない王都の人々を助けなくてはいけません」

「……わかった。俺もともに行く」

「ありがとうございます」

アレクシス様は私がそう言うと、わかっていたのかもしれない。小さく息を吐いたけど、その口元には笑みが浮かんでいるように見えた。

「だが、無理だけはしないでほしい。それに君は俺の婚約者だ。殿下のもとには帰さない」

「わかっています。私が好きなのは、アレクシス様だけですから」

「モカ……」

彼の手を握ってそう伝えると、アレクシス様は安心したように私を抱きしめた。

「本当は少しだけ、不安なんだ。もし殿下に「やり直したい」と言われたら、君が俺のもとからいなくなってしまうのではないかと」

「大丈夫ですよ。私が王都に帰るのはほんの一時的なものですから」

「……そうだな」

バジリスクを倒したときのように、何か力になれるなら。

王都の人たちを救って、またアレクシス様と一緒にこの地に帰ってこよう。

それからカリーナとも、話をしなければ。

そう覚悟して、私は王都へ発つ準備を急いだ。

辺境騎士団の呪いが解け、再び〝最強の騎士団〟と呼べるほどの力を得たとはいえ、ヴェリキーの地にも十分な人数の騎士を残し、私はアレクシス様とノアさん、それから数人の騎士団員とともに、王都へと発った。

ごめんね、モカ

「カリーナ様！　至急手当てをお願いしたい者が――！」

「回復薬をください！　それも、上級回復薬を……‼」

「回復薬が全然足りません！　お願いです、急いでください‼」

……ああっ、もう！

何なのよ、何なのよ、何なのよっ……‼

私は全然休んでいないのに、どうしてそんなにこき使うのよ……‼

数日前から、王都を魔物が襲っている。

すぐに王宮騎士団が討伐に向かったけれど、大量の回復薬を求められ、私はこの数日働きっぱなし。

「これまで作ってきた分はどうしたの⁉　備えがたくさんあるはずでしょう⁉」

ここ数年、王都は平和だった。モカが休まず働いて、厳しいノルマを達成していたのだから、在庫がたくさんあるはず。

「在庫がないから困っているのです……！」

「どうしてよ⁉　ヴィラデッヘ様に聞いてちょうだい！　彼が回復薬を管理してくれているは

ずでしょう⁉」

「……それが、これまでの分は他国に売ってしまったらしく、在庫が残っていないのです」

「はあ⁉」

魔法部屋に缶詰状態の私に、騎士やら従者やらが押し寄せてきて発したとどめの一言に、くらりと目眩《めまい》がした。

「ですが、殿下はカリーナ様が本気を出せばすぐに精製できるから大丈夫だと！」

「そんな……」

何なの……、何なのよ……‼

そんなに偉そうに言うなら自分で作ってみなさいよ‼

回復薬を作るのって、すっごく疲れるし、すっごく大変なんだから……‼

「カリーナ様、どうか本気を出してください！」

「うるさいわね！　私はずっと本気よ‼」

「しかし、これまでの速度と比べると明らかに……」

「もう嫌っ！　私は聖女よ⁉　疲れたから休ませて‼」

「……モカ様はそんなこと、一回も言わなかったのに」

「！」

ぽつりと、誰かがこぼした言葉が私の耳に響いた。

「そうだ。それにこれまでは回復薬だってもっとスムーズに作れていたはずだろう？」

「モカ様がいなくなってから精製の速度が急激に落ちたと、殿下も困っておられる」

「まさか、これまではモカ様がおひとりで……？」

騎士たちから向けられる疑いの視線に、私はごくりとつばを呑む。

「……っ違う！　違うわ‼　私がモカに仕事を押し付けられていたんだから……‼」

「それでは、どうかよろしくお願いします！」

「聖女カリーナ様！　あなた様だけが頼りなのです‼」

「……っ」

もう嫌。もう嫌。もう、嫌……っ‼　助けて、ヴィラデッヘ様……‼

心の中で婚約者に助けを求めてみたけれど、そういえばもうずっとヴィラデッヘ様に会っていない。

彼は全然会いにきてくれない。聖女の回復薬も他国に売っていただなんて……。

だからあんなに厳しいノルマを設けていたのね。相談もなしに、酷いわ。あんまりじゃない……‼

「殿下が回復薬を他国に売っていること、カリーナ様は知らなかったのか？」

「ああ、そうみたいだな。だいたい殿下は、ソフィ男爵令嬢にご執心だからな」

「馬鹿、それはカリーナ様の前で言う必要ないだろ……！」

ひそひそ話しているつもりでしょうけど、全部丸聞こえだわ。

なに？　ソフィ男爵令嬢って。その女は誰よ。私にはずっと会いに来てくれないくせに……。

以前、ヴィラデッヘ様と一緒にいた女の顔が浮かぶ。

もし他に女を作っていたら、許さないんだから……‼

「それよりカリーナ様、回復薬をお願いします！」

「あー、もう！　全然魔力が足りないわ……‼」

こんなことならモカを近くに置いておけばよかった……。

「カリーナ！　いるか⁉」

「ヴィラデッヘ様！」

ちょうどそのとき。ヴィラデッヘ様が魔法部屋にやってきた。ソフィらしき女は連れていない。

やっぱり王子様というのは、ヒロイン《私》のピンチに駆け付けてくれるものなのね！

そう思ったけれど。

「カリーナ！　大至急上級回復薬を作ってくれ‼」

険しい表情で私を見ると、開口一番、彼はそんな言葉を口にした。

「ヴィラデッヘ様、私はもうへとへとで、何もできませ――」

「どうなっているんだ、カリーナ！　君が作った回復薬は効果がとても弱く、使い物にならないぞ⁉」

「……え」

彼に泣きつこうとしたのも束の間。私が最後まで言い終える前に、ヴィラデッヘ様は刺々《とげとげ》しい視線と言葉を私に向けた。

「何とかしろ！　数年振りに王都が魔物に襲われているんだ、今こそ真の聖女として活躍するときだろう⁉」

「そんな……、ですが、私は……」

「このままでは僕が父上に怒られてしまう！　君が何とかしてくれ！　カリーナ‼」

「私は……もう、疲れて……」

僕が父上に怒られる？

それがあなたの本音なの？

ヴィラデッヘ様の声が、ガンガン頭に響く。

彼は優しくて、頼りになる、私のお願いは聞いてくれる婚約者だと思っていたのに。

彼はもう、私の話をまったく聞く気がないらしい。

回復薬を勝手に売りさばき、それがばれて焦っているんだ。

私のことなんて、まったく考えてくれていないのね。

「何とか言え、カリーナ！　上級回復薬はどのくらいできる⁉」

ヴィラデッヘ様の声が直接頭に響いて、痛い。

頭痛と疲労で、目眩がする。

「おい、カリーナ‼」

「……嫌です」

「何だって？」

「回復薬は、作れません」

「はあ？」

まるで無能な部下に対する態度。彼は私のことを何だと思っているのかしら。

婚約者？

聖女？

……それとも、回復薬製造道具？

ふるふると小刻みに震える唇をぎゅっと噛み、じわりと込み上げてくる涙を堪えて、私はヴィラデッヘ様をキッと見上げた。

「私はもう、疲れてしまったのです」

「何を、我儘な……！」

ヴィラデッヘ様は、私のことなんてどうでもいい。

私のことはまったく見ていない。

そう、わかった。

「国の一大事なのだぞ⁉　今働かずに、いつ働くというのだ‼」

「私はもう無理なのです‼　これが私の精一杯です！　これまで私たちをこき使っていたくせに、回復薬を取っておかないからいけないのです‼」

これまでの鬱憤を吐き出すように、私は叫んだ。

「し、しかし……、これまで君はひとりであの量をこなしていただろう⁉」

「……そんなの、嘘よ」

「何だと⁉」

「王子であるあんたと結婚するために嘘をついたの！　でも、あんたのことなんかもう誰も信用しないわ！」

「……っ、誰に口を利いているか、わかっているのか⁉」

「あんたよ、無能王子！　私だって、あんたの王子っていう肩書きが目当てだっただけなんだから！」

「この……っ！　許さん！　この女を投獄しろ‼　王子である僕に不敬を働いた‼」

ヴィラデッヘ様は一瞬怯んだように見えたけど、私の罵声を聞いて怒りに打ち震えた。

ヴィラデッヘ様が悪いのよ‼

モカが作った回復薬を取っておかないから。勝手に売ってしまうから‼

「ああ、なぜ僕はこんな女の言うことを信じてモカを追い出してしまったんだ……‼」

「……っ」

ヴィラデッヘ様はもう、昔のような優しい目をしていない。

とても憎い者を見るような冷たい目で私を睨んでいる。

やっぱり、もともと私のことは好きじゃなかったのね。

「おい、早くこの女を投獄しろ‼」

「大変です、殿下！　魔物が城に迫ってきています……！」

「何だと⁉　くそ……、どうすればいいんだ……！」

また新しく、ひとりの騎士がそれを伝えにやってきた。

魔物が襲ってきている。

罰を受けるどころか、もうみんな死んでしまうのかもしれない。

「そうだ……。来い、カリーナ」

「っ、何よ‼」

すると突然、何かを思いついたように口角を上げると、ヴィラデッヘ様は私の腕をぐい、と掴んで歩き出した。

「おまえは聖女だろう？　聖女は魔物を倒すのが役目だ！　これまでの罪を償うつもりで、おまえが責任を取れ！」

「はぁ⁉　どうして私が……！　あんたこそ、これまで私たちをこき使ってきたんだから、こういうときくらい立ち向かいなさいよ‼」

「うるさい！」

「……っ」

ヴィラデッへ様は騎士を引き連れて、私を無理やり部屋から連れ出した。

このまま魔物の前に私を突き出すつもり⁉

「離して！　痛いわ、離しなさいよ……‼」

「ほら、聖女。何とかしろ‼」

「きゃっ⁉」

ようやく腕を離してくれたと思ったら乱暴に放り投げ出され、私の身体は地面に倒れる。

〝グルルルルル――〟

「……‼」

そんな私のもとに、大きくて真っ黒な、虎のような姿をした魔物がゆっくりと近づいてくる。

私の頭なんて一口で噛み砕かれてしまいそうな大きな口元には、ナイフのように鋭い牙が剥き出しになっている。

「……い、嫌……、助けて……」

〝グルルルルルル――〟

低く唸りながら、のしっ、のしっ、とこちらに向かってくるその大きな足の先で、尖った爪がぎらりと光る。

聖女の力……！　ああ、どうやって使うんだっけ？　そもそも私は本当にもう疲れ果てて、何もできない……！

「誰か、助け……」

恐怖で大きな声も出ない。ガクガクと身体が震えて立ち上がることもできない。ヴィラデッヘ様はもう私から離れ、安全な場所に逃げてしまった。

どうして私がこんな目に遭わなきゃいけないのよ……、私は聖女よ？

「助けて……モカ……」

〝グルルルル――〟

ああ……、そのモカを追い出したのは私か。もう終わりだわ。私はここで死ぬのね。ざまぁないわね。

いつの間にかモカの力が想像以上に大きくなっていたなんて、知らなかった。

子供の頃は、確かに私のほうが魔力が多かったのに。

でも、唯一の姉妹であるモカのことを、私もちゃんと見ていなかったのね。

……モカは、今頃どうしているかしら。

私の手紙は読んでくれたかしら？

読んでいても、私なんかのために来てくれるとは思えないけど。

それにモカだって、冷血漢で有名な男のところに行ったのだから、自由に帰ってこられないのも、わかってる。

……あの子には、悪いことをしたわ。

辛すぎて、自ら命を断つなんてことになっていないといいけれど。

私たち双子は聖女と言われて、ずっと国のために働いてきた。

その結果が、これ？

本当は、聖女になんてなりたくなかった。

親はお金しか見ていないし、私には自由なんてなかった。

でもモカだって同じだったのに、妹ひとりに仕事を押し付けた罰が当たったのね。

ごめんね、モカ。許してなんてもらえないだろうけど……。

もう、この国は終わりだから。一緒に終わりましょう。

〝――私は諦めないわ‼〟

「……！」

すべてを諦めて、ふと目を閉じたとき。

モカの声が頭に飛び込んできて、なぜだか懐かしい記憶が蘇った。

あれは確か、私たちが聖女として登城してすぐの頃――。

魔物に襲われて大怪我を負った騎士を助けてほしいと、私たちは王宮の救護室に呼ばれた。

まだ子供だった私たちの前に、血まみれになって苦しんでいる騎士がいて。

私とモカは、これまで作った回復薬を抱えて、一生懸命治癒魔法を使った。

けれど力及ばず、その騎士を助けることはできなかった。

〝聖女のくせに……、どうして助けてくれないんだ‼〟

その騎士は、高位貴族の子息だった。

父親は私たちを責めたけど、私たちはまだ子供だし、聖女になったばかりで魔法学だってこれからだった。

そんな私たちを責めるほうがお門違い。

私は自分にそう言い聞かせたけれど、モカはいつまでも落ち込んでいた。

『仕方ないじゃない。聖女だって、万能じゃないわ』

日が暮れてもずっと図書室で魔法学の本を読んでいたモカを迎えに行ってそう声をかけたけど、そのときモカはこう言った。

『私は諦めない。この先、あの人のように命を落とす人が出ないように……一人前の聖女になって、絶対に助ける‼』

——逃げていたのは私だった。

いつだって、モカは聖女としての使命を果たそうと、努力していた。

モカは〝スペアの聖女〟なんかじゃない。

真の聖女は、モカだわ――。

本当にごめんね、モカ。

〝ガァァァアアア――ッ‼〟

「――お姉様‼」

魔物が私を殺そうと飛びかかってきた、そのとき。

モカが私を呼ぶ声が、耳に届いた。

「……モカ」

一瞬幻聴かと思ったけれど、私の目には確かにモカが映った。

長い夜が明けて

馬車で王都に入ると、そこはいつもの街並みではなかった。

いつでも人が多く賑わっている歓楽街はシン――と静まり、閑散としている。

みんな避難しているのだと思うけど……どうか無事でありますように。

王都を守っている騎士団の方に合流すると、安全な道から王宮へと先導してくれた。

王都を襲っていたのは、ブラックタイガーの群れらしい。

大きくて獰猛《どうもう》な、虎のような魔物。

通常群れない種族のはずだけど、数を成して襲ってきているのだとか。

けれど、バジリスクに比べると下級の種族になる。

だから魔物討伐に慣れている辺境騎士団にとっては、苦戦するような相手ではない。

それでも対魔物を相手にした実戦経験が少ない王宮騎士団にとっては、苦戦を強いられる。

王都が襲われて数日が経っているし、怪我をすぐに治せる回復薬が足りていないというし……。

「数が多いのは少し厄介だな。モカ、君も長丁場になることを覚悟しておいてほしい」

「はい」

移動中に詳細を聞き、アレクシス様は表情を引き締めた。

既に怪我を負っている騎士も多いようで、やはり回復薬が足りないとのことだった。

私も持ってこられるだけの回復薬は持ってきたけれど、これでは数が足りないかもしれない。

バジリスクのときのように、私が何とかできたら――。

魔物に遭遇することなく王宮に到着した私たちは、そのまま陛下に謁見することになった。


「――よく来てくれた。とにかくすぐに君たちの力を借りたい」

アレクシス様は陛下を前に頭を下げ、形式的な挨拶をしたけれど、陛下は急ぎ口を開いた。

よほど切羽詰まっているのが見て取れる。

陛下は数年前に重い病に倒れ、ずっと寝込んでいた。聖女の力でも治すことのできない病だったため、私も顔を合わせるのは久しぶりだ。

今もベッドの上で無理をして身体を起こしているのが見て取れる。

「王宮騎士団のほとんどを討伐に向かわせたが、何せ魔物の数が多い。火を放っても奴らにはほとんど効果がないし、城を燃やすわけにもいかない。バジリスクをも討伐した〝最強の騎士団〟に、何とかしてもらいたい」

陛下の隣で、宰相が早口に言った。

それを聞いたノアさんは不服そうな顔をしているけれど、陛下の前だ。さすがに大人しくしている。

けれど。

「陛下！　お逃げくださいっ‼　ブラックタイガーの群れが城門前の広場まで迫ってきていま
す……‼」

話の途中で、慌てたように従者が部屋に入ってきた。

それを聞き、みんな一斉に窓の外へ目を向ける。

「これは……」

城門前の広場には、とても大きな黒い塊。

「あれがすべて、ブラックタイガーの群れ……？」

「まずいな」

数十匹はいる。さすがに一匹一匹倒していては、切りがない。

「陛下……！」

宰相は陛下に逃げるよう声をかけたけれど、陛下は群れから目を離さなかった。

その表情には恐れの色も窺えるけど。

「……民を見捨てて逃げることなどできまい。私も最後まで戦う」

「！」

陛下はもう、知っているんだわ。

軍の指揮を執っていたヴィラデッヘ様が、辺境騎士団に回復薬を送らなかったことも、見捨てたことも。

病に倒れてから、陛下は政から離れ、息子たちに後を任せていた。

きっと、末の息子がしでかした狼藉をそのままにするつもりはないのだろう。

責任を取って、命をかけて戦うつもりなのね。

アレクシス様やノアさんたちも、気持ちは私と一緒だと思う。

何も言わなくても、目を見ればもうわかる。

「あれは……！」

そのとき、外にカリーナとヴィラデッヘ様の姿が見えた。

ブラックタイガーが近くにいるというのに、危険だわ……！

そう思ったときには、私の身体は走り出していた。

「モカ……！」

私の名前を呼んだアレクシス様も、ついてきてくれているのがわかる。

大丈夫。絶対にみんな、私が助けてみせるわ‼

「――お姉様‼」

外に出ると、ブラックタイガーの前でカリーナが倒れ込んでいるのが目に映った。

ヴィラデッヘ様は騎士たちと少し離れたところに隠れて様子を見ている。

「……——」

私は咄嗟に目を閉じ、胸の前で手を組んで、強く祈った。

〝どうかカリーナを……みんなを守って——!〟

バジリスクを倒したときは無我夢中で、自分が何をしたのかもよくわからなかったけれど。

でも、本当に私が真の聖女なら……それも大聖女ほどの力があるのなら、きっとできる——。

「モカ……?」

アレクシス様が私の名前を呟くのが聞こえた直後。

〝パァ——……〟

「な、何だ……、この光は!?」

「君は一体何を……」

「静かに——」

騎士やヴィラデッヘ様がざわついている声が耳に届いたけれど、アレクシス様が制してくれた。カリーナは動けずに固まっている様子。

私にはアレクシス様がいる。辺境騎士団の皆さんがいる——!

そう思った途端、あのときと同じように胸の奥が熱くなるのを感じた。

そして、目を閉じていてもわかるほどの強い光が私を中心に広がっていった。

「殿下……！　見てください、魔物の群れが……！」

「……何ということだ」

そっと目を開けると、カリーナに襲いかかろうとしていたブラックタイガーが、ドシン――と大きな音を立てて倒れた。そして、今にも城門を越えてきそうだったブラックタイガーの群れも、ばたばたと倒れていくのがわかる。

「モカ……」

「お姉様……、大丈夫ですか？」

「ええ……モカ、モカ……、帰って来てくれたのね……！」

未だ地面に座り込んでいるカリーナは、瞳に溜めた大粒の涙を流して言った。

「ごめんね、モカ……っ、ごめん……なさいっ……‼」

「お姉様……」

こんなに泣きじゃくって、素直に謝罪の言葉を口にするカリーナは、初めて見た。きっと、本当に辛い思いをしていたのね。

「ああ……そんな……まさか、本当にモカが真の聖女だったとは……」

後ろから、ヴィラデッへ様が魂が抜けたような声を出したのが聞こえた直後、彼は叫んだ。

「モカ、僕はカリーナに騙されていたんだ……！　どうか僕のもとに戻ってきてくれないか⁉」

「……！」

自分をあっさりと見捨てたヴィラデッヘ様に、カリーナは忌々しげな視線を向けた。

「僕は最初から君のことが好きだった！　しかし僕という婚約者がいながら君が兄上に色目を使っているだとか、仕事をカリーナに押し付けていると聞いて……！　すべて嘘だったんだな⁉　ならば僕ともう一度……‼」

本当に、なんて勝手な人なの。私のことだって、彼は全然見ていなかったのに。

だから私がカリーナに仕事を押し付けているという嘘を信じてしまったのでしょう？

アレクシス様なら、絶対そんな言葉は鵜呑みにしない。

「モカ、僕は今でも君のことが……！」

焦ったように私に駆け寄り、手を伸ばしてきたヴィラデッヘ様だけど。もちろん私にその気はない。

私の旦那様は、アレクシス様ただひとりだから。

「お断りしま――」

「今更何を言っているのですか？」

大きく息を吸って、はっきりお断りしようとした私の前に出て、言葉を被せたのはアレクシス様だった。

「モカは俺と結婚します。殿下《あなた》が勧めてくれた縁談でしょう？」

「しかし……っ、話を聞いていなかったのか？　僕は騙されていただけなんだ！　だからモカとやり直したいと――」

「ですから、今更無理です」

アレクシス様のほうが背も高く、堂々とされていて、誰から見ても立派な紳士だった。

一方ヴィラデッヘ様は、ただ焦って言い訳を吐き捨てているようにしか見えない。

自分の保身を第一に考えているのが、容易にわかる。

「お、おまえには聞いていない……!! モカ、君もこんな男と結婚するのは嫌だろう!? 大丈夫、王子の権限でこんな男との婚約はすぐに破談させる……！」

唾を飛ばしながらそんなことを吐き散らすヴィラデッヘ様は、この場の空気を読むこともできていない。

騎士たちも、みんなが彼を白い目で見ているというのに。まだそんなことが言えるなんて。

「見苦しいぞ、ヴィラデッヘ」

「……っ、父上、お身体は大丈夫なんですか!?」

そこに、宰相とともに陛下が姿を見せた。

「ああ、彼女――モカ・クラスニキ嬢のおかげで、私の病は治ったようだ」

「何だって!? しかし父上の病は、聖女の力を以てしても治癒できなかったはずでは――」

「彼女は大聖女ほどの力を持っているようだ。とても素晴らしい力を」

「そんな……まさか……」

「今のを見ればわかるだろう。とにかく、これ以上の勝手は許さん。おまえの処分は追って伝える。大人しく自室で謹慎していろ」

「……っ」

ヴィラデッヘ様はついに何も言い返せず、がくりと膝を落とした。

「モカ、君には何と詫びればよいのか……。アレクシス、そして辺境騎士団の者たちよ。此奴からしっかりと聞き取りを行う。今回の件も、四年前の件も。しかしすべては王である私の責任。これまでのこと、謝罪させてほしい」

陛下はそう言って私たちに深々と頭を下げた。

軍の指揮をヴィラデッヘ様に任せていたのは、それがひいては彼のためになると思ってのことだったのだろう。

ヴィラデッヘ様は、陛下の期待も裏切ったのだ。

「お顔をお上げください。起きたことは戻せませんが、俺たちにはモカ……真の聖女がおります。彼女をヴェリキーの地に送ってくれたのはヴィラデッヘ殿下です。そのことに関してだけは、心から感謝しています」

「……アレクシス」

「しかし、それはあくまでも俺たちの都合です。彼女を傷付けたこと、これまで強いてきた重労働は見過ごせるものではありません。今度こそ正しい判断が下ることを、心から願います」

アレクシス様はそう言うと、騎士としてとても美しい所作で陛下に頭を下げた。

「わかった。愚息には厳重な罰を与える。全員分の部屋を用意するから、今宵はゆるりとするがいい」

「ありがとうございます」

陛下が合図を送ると、従者が私たちを部屋に案内しようと、城内へ促した。

「モカ……」

そしてその場を離れる寸前、ヴィラデッヘ様がそっと私を呼び止める。

「ヴィラデッヘ様」

「モカ！　僕は本当に君のことが――！」

「私はアレクシス様と結婚します。とてもいい縁談を、ありがとうございます」

「…………」

ヴィラデッヘ様が何か言おうとしたけれど、私の心は決まっている。何を言われても、もう変わらない。

だから最後にそれだけはしっかり伝えて、私はアレクシス様と肩を並べてその場を後にした。

城門前に溜まっているブラックタイガーの処理も、王都の街の復旧も、これからやらなければならないことがたくさんある。

回復薬も足りなかったのだから、怪我人だってたくさんいるはず。

陛下にはゆっくり休めと言われたけれど、私は怪我人の手当てを買って出た。けれど、不思議なことに救護室で手当てを受けていた者たちも、あの光を受けて怪我がすっかり治ったらしい。

それでもあのとき城の敷地内にいなかった者たちのために、私は可能なかぎり帰ってきた騎士たちの怪我の治癒を行った。


「アレクシス様」

「モカ」

その日の夜。外の空気が吸いたくなり庭に出ると、そこにはアレクシス様がいた。

「どうされたのですか？」

「少し外の空気が吸いたくて。君は？」

「私もです」

同じことを考えていたなんて。思いがけずアレクシス様のお顔が見られて、嬉しい。

庭に設置されているベンチに並んで座った私たちは、心地よい夜風を受けながら少し話をすることにした。

「大変でしたね」

「俺は何もしていないよ。それより君のほうが大変だっただろう」

アレクシス様は謙遜しているけれど、侍女には彼も事後処理を手伝っていたと聞いている。

「あの後も討伐から戻ってきた騎士たちの怪我の治癒を行ったそうだな。疲れただろう?」

「いいえ……皆さんとても労ってくれましたので」

それに、アレクシス様が一緒に来てくれたから、私はあの力が再び使えたのだと思う。アレクシス様と一緒にいると、不思議と身体の奥から力が込み上げてくる。

「……俺は、とても心配だった」

大丈夫ですよ。そう言おうと彼を見上げたら、アレクシス様が思っていた以上に不安そうな瞳を私に向けていたから、言葉を呑み込んでしまった。

「もしヴィラデッヘ殿下が君にやり直したいと言ったら、君はどうするだろうかと……そして予想通り、殿下は君に復縁を望んだ」

膝に置いていた私の手を握り、とても愛おしそうにその手を口元に運びながらも、じっと私に視線を向けているアレクシス様。

「君が自分の口ではっきり断ってくれたときは、どれほど嬉しかったか」

「アレクシス様……」

「俺は自分の器がこんなに小さかったことにとても驚いている。相手が王子ではなかったら、手が出ていたかもしれない」

そんなことまで真剣な顔で言うから、きっと本心なんだと思うけど。

アレクシス様のような屈強な騎士がもしヴィラデッヘ様を殴りでもしていたら……大変なことになっていたに違いない。

……まぁ、もしそうなっていても、私は治癒しないけど。

「君が殿下の前で俺を選んでくれて、本当に嬉しかった」

ついにアレクシス様は私の手の甲に唇を当てた。

やわらかくてあたたかいアレクシス様の温もりにくすぐったさを感じてぴくりと身体が揺れる。

「当然です……私がお慕いしているのは、アレクシス様だけですから」

「モカ」

「……あ」

そっと頬に伸びてきたアレクシス様の手に顔を上げると、彼の顔が近づいてきた。

美しすぎる瞳が月明かりの下でとても幻想的に見えて、鼓動が高鳴る。

「俺もだ。モカ、俺はこの先も一生、君だけを愛している」

「……はい」

そう言って額に優しく口づけを落としたアレクシス様に抱きしめられて、私はこの夜がずっと続いてほしいと願った。

＊

それから二日後。怪我人の治癒が一通り終わり、改めて陛下に呼ばれた私とアレクシス様は、謁見の間を訪れていた。陛下の体調もすっかりよさそう。本当に病は完治したようだ。

そこで告げられたのは、私が正式に真の聖女として国に認定されたということ。

そして陛下は改めてカリーナとヴィラデッへ様の件を深く謝罪したうえで、ふたりの処遇も教えてくれた。

真の聖女ではないけれど、双子の姉、カリーナにも聖女としての力があることは確かなので、今後はとても厳しくて有名な国随一の魔導師のもと、一から魔法の勉強をしながら働くことを命じられた。

彼女も聖女としての務めを怠らず、真面目に勉強していれば、今頃はもっと強力な力が使えたことだろう。これからは聖女として、民のために尽力してほしい。

カリーナが作る回復薬は誰かひとりに管理を任せず、今後は陛下自身も定期的に確認することを約束してくれた。

ヴィラデッへ様は廃嫡され、全財産を没収のうえ、騎士団での下働きが言いつけられた。

これまで王子という地位に甘んじ、お金にものを言わせて散々好き放題やってきた彼は、すべての権力を奪われ、更にこれからは自分よりも身分の低い者たちの下で働くことになる。

騎士団ということは、厳しい鍛錬や危険な任務に就くこともあるだろう。

正直、あのヴィラデッヘ様が耐えられるとは、とても思えない……。

すぐに文句を言って、逃げ出そうとすることが容易に想像できる。

けれど、逃げ出したところで今の彼を助けてくれる者はひとりもいない。地位も財産も持っていない彼が逃げ出したところで、ひとりで生きていけるとは思えない。

最悪、騎士団にいるよりも酷い目に遭うだろう。

陛下のためにも、そんなことにならなければいいと願うけど、自業自得なので私からは何も言えない。

ヴィラデッヘ様には国外追放という話も出たらしいけれど、この国の騎士団のもとで一から軍事について学べという陛下のお気持ちに、今度こそ報いてほしいものだ。


「――折り入って、モカに頼みがある」

ふたりの処遇を私とアレクシス様に伝えた後、陛下は改まったように私を見据えた。

「どうかこのまま王都にいてくれないだろうか」

「えっ」

思わぬお願いに、つい不敬な声を出してしまった私に構わず、陛下は続けた。

「もちろん、これまでのように過酷な労働を強いるつもりはない。これからは君の意見がしっかり尊重されることを約束しよう。だが、大聖女ほどの力を持つ真の聖女には、王都にいてほしい」

「ですが……」

反射的に否定の言葉を口にしてしまったけれど、その続きはぐっと呑み込む。

私はヴェリキー辺境伯であるアレクシス様と結婚する。

これからもアレクシス様とともに、ヴェリキーの地で、辺境騎士団のみんなと一緒にいたい。

「アレクシスとのことは承知している。ふたりの婚約を解消しろとは言わない。アレクシスにも近衛騎士として王都にいてもらい、これからは聖女の護衛を頼みたいと考えているのだが、どうだろうか」

アレクシス様が聖女の護衛……つまり、ずっと私と一緒にいることを公認してくださるということ？

それはとても素敵だけど……でも。

「辺境騎士団はどうなりますか？」

「彼らはとても優秀だ。アレクシスがおらずともやっていけるだろう。できればこれからもヴェリキーの地を守ってくれると、とても心強いのだが」

陛下の言葉に、私とアレクシス様は黙ったまま目を合わせた。

アレクシス様はどうお考えかしら。

バジリスクを討伐したとはいえ、あの地は魔の森が近く、魔物の出現率が高い。

魔物討伐に長けている辺境騎士団がこのまま守り続けるのが一番だと思う。

でも、そうするとアレクシス様と皆さんは離ればなれになってしまう……。

「返事は急がん。考えてみてくれないか？」

陛下のやわらかな言い方に、アレクシス様は言葉を発さずにただ深く頭を下げた。

＊＊＊

「ほら、さっさと持っていけ！」

「遅いぞ、ヴィラデッへ！　そんなんじゃ日が暮れちまう」

廃嫡され、すべての財産を没収された僕は、騎士団での下働きを言いつけられ、こうして身分の低い者たちにこき使われている。

「うぐっ……」

「はぁー、何ぐずぐずしてんだ、さっさと運べ！」

今も、騎士団に届いた物資を運ばされている。とても重く、転んでしまった僕を見て、騎士たちが溜め息をつく。

「まったく使い物にならない男が来たよな」

「本当だよ。ほら、さっさと立て」

「……っ、誰にものを言ってるんだ！　僕は王子だぞ⁉　おまえらにそんなことを言われる筋合いはない……‼」

「は？　何言ってんだ、おまえはもう王子じゃないだろ。騎士ですらない、下っ端だ」

「そうだ、今まで散々甘い汁を吸ってきたんだから、これからは民のために国に尽くせ」

こいつらは僕の部下だったくせに……！　僕がこんな扱いを受けていつまでも黙っていると思うなよ……‼

「僕にそんな口を利いて、後悔するぞ！」

「あのなぁ、おまえは身分も金も没収されたんだろ？　誰がおまえみたいな奴の言うことを聞いてくれると思うんだ」

「そうだ。ここから逃げたって、あっという間に野垂れ死ぬだけだ。おまえはここで頑張るしかない」

「精々頑張って働け」

「……っ」

くそ！　なぜ僕がこんな目に遭わなければいけないんだ……‼

それもこれもすべてあいつらのせいだ……！　カリーナは僕を騙し、モカは僕を捨て、アレクシスや辺境騎士団のせいで僕は、僕は……‼

「どうした？」

「……！　アレクシス団長！」

地面に膝をついたまま、悔しさに拳を握りしめて震えていた僕の耳に、憎い男の声が響く。

途端、今僕を嘲笑っていた騎士たちが道を開けるようにピシッと整列し、アレクシスが僕に歩み寄った。

「大丈夫か？」

「ふんっ、僕に触るな！」

差し伸べられたその手を払いのけ、強がって立ち上がる僕にアレクシスは口を開く。

「苦労しているようだな」

「うるさい！　おまえのせいだろう！」

「自業自得だろう？　しかし、モカはおまえよりもっと過酷な仕事をさせられてきたんだ」

「…………」

「民の中には病気になって苦しんでいたり、満足に食べられなかったりする者もいる。それでも国のために働いているんだ。その者たちの気持ちが、少しはわかったか？」

「……うるさい、僕は王子だ」

「わかるまで、精々励むんだな」

はぁ、と溜め息をついた背の高いアレクシスの瞳が、まっすぐに僕を見下ろしている。

その視線からさっと目を逸らし、悔しさにぎゅっと拳を握る。

悔しいが、権力や金がなければ僕は無力だ……。この男に殴りかかったところで、勝てる気がしない。

僕には本当にもう、何もないのか――？

なぜ、なぜ王子である僕がこんな目に……！

聖女と婚約して、軍事の指揮を任されて。王位は継げなくとも、金も地位も手に入れて、僕は順風満帆な人生を送るはずだった。

最後にモカが僕に向けた、拒むような瞳を思い出す。

モカ……僕は君のことを本当に愛していたのに。どうしてわかってくれないんだ……！

僕は悪くない。まったく、どいつもこいつも……！

＊＊＊

その日の夜。

「――モカ、少しいいだろうか」

「はい」

寝支度を整えたところで、私が借りている一室にアレクシス様がやってきた。

「ノアたちには、先にヴェリキーに戻ってもらったよ」

「そうですか」

ノアさんたち、一緒に王都に来ていた辺境騎士団の方たちも、魔物の事後処理などを手伝っていたと聞いている。

けれどそれも落ち着いたし、後は専門家に任せて、持ち場に戻ったのだろう。

やはり、王都よりもヴェリキーのほうが危険な地であることは変わらないのだから。

「…………」

「…………」

アレクシス様をソファに促し、私もその隣に座ったのはいいけれど、それ以上会話が続かない。

〝私たちはいつ戻りましょうか〟

そう言いたいけれど、今は言えない。アレクシス様は、陛下の申し出をお受けするつもりか、聞いてもいいかしら……？

「わかっていると思うが、俺は君と離れる気はない」

そんな私の心を読んだかのように、ふとアレクシス様が口を開く。

「アレクシス様……」

戸惑いを見せる私を安心させるように優しく見つめて、アレクシス様は頷いた。

「俺にとって一番大切なことは、君の近くで、君を守ることだ」

「…………」

私を守る？　それは、聖女の護衛をするという意味よね？

でもきっと、それと同時に私と結婚して、ずっと一緒にいてくれるという意味でもあると思う。

アレクシス様は、私の気持ちを尊重するためにこう言ってくれているんだわ。

私もアレクシス様と一緒なら、どこだって構わない。

けれど真の聖女として、国の力にならなければいけないということもわかってる。

この数日、怪我をした騎士や民の治癒を行って、感じた。

彼らは私にとても感謝してくれた。

これまではずっと魔法部屋にこもって回復薬を作る日々だったけれど、直接彼らの顔を見て、聖女という存在の大きさを実感した。

もちろんそれは、辺境騎士団の皆さんからも感じていたことだけど。

「ありがとうございます、アレクシス様」

彼は私に判断を委ねてくれている。

「どうするかは君が決めていいよ」と言ってくれているのが、伝わってくる。

それをあえて言葉にしないのは、きっと私に負担をかけないようにだろう。

そんなところからもアレクシス様の優しさが伝わってきて、私の胸はぽっとあたたかくなる。

「……アレクシス様、ひとつご相談があるのですが――」

陛下に伝える前に、私はヴェリキー辺境伯《アレクシス様》に確認しておかなければならないことがある。

＊

翌日。早速お時間をいただき、私たちは昨夜決めたことをお伝えすべく、陛下と向かい合っていた。

「――私は、アレクシス様とともに辺境の地、ヴェリキーに戻ります」

陛下を前に深く頭を下げ、胸の内をお伝えする。

「陛下の誠意あるご対応には、感謝申し上げます。ですが、ヴェリキーの地が危険であることは変わりません。聖女だからこそ、私はその地でこの国の民のために働きたいと考えております」

「そうか……」

陛下の声は少し残念そうだけれど、私がこう答えることをわかっていたのではないかとも思えた。

私がこれまで大変な思いをして作ってきた回復薬が辺境騎士団のためではなく、他国に売りさばかれていたことは簡単に許されないと、陛下は考えているのかもしれない。

けれど、だからといって私もアレクシス様も仕返しがしたいわけではない。

「ひとつ、ご提案があります」

「申してみよ」

そこで、昨夜話し合ったことを、アレクシス様がお伝えする。

「ヴェリキーの地には仕事をなくして困っている者がおります。彼女が精製する回復薬を、その者たちに運搬させたいのです」

「……なるほど」

「もちろん、信頼のおける辺境騎士団の者を護衛に付けます。安全は我らが保証します」

そうすれば、私もアレクシス様もヴェリキーにいながらこれまでのように回復薬が作れるし、その地を守れる。更に職を失った者たちに仕事を与えることもできるのだ。

信頼できる者に運搬を任せ、私自らも管理を行うつもり。

そうすれば、王都やヴェリキーだけではなく、回復薬が必要な地に必要なだけ、安全に届けることができる。

「うむ……。よかろう。ではそのように取り計らせる。詳細は追って決めよう」

「ありがとうございます……！」

「これからも頼んだぞ、アレクシス、モカ」

「はい！」

私たちの提案を快諾してくださった陛下に、私はアレクシス様と目を合わせて微笑み合った。

「――本当によかったですね！」

「ああ、モカが素晴らしい案を考えてくれたおかげだ」

「いいえ。辺境騎士団の協力がなければ、難しい提案でした」

話がまとまったところで、私とアレクシス様もヴェリキーに戻ることが許された。

ノアさんたちから遅れを取ってしまったけれど、急いで皆さんのもとに帰りたい。

それでも今夜は宿を取ることにした私たちは、近くの料理店で夕食をいただきながら、何度も喜びを分かち合った。


「――え？　一部屋しか取れていない？」

「はい、そのようです」

「しかし、俺はちゃんと二部屋頼んだはずだが……」

夕食前に取っておいた宿へ戻ると、手違いで一部屋しか取れていないと言われてしまった。

「空きはないのか？」

「はい、もういっぱいです。この時間だとどこも空いてないと思いますけど……どうします？」

「…………」

この辺りは宿屋が少ない。そのせいか、亭主は強気だ。

「仕方ない。部屋はモカが使ってくれ。俺は外で適当に過ごす」

「え？　どうしてですか？」

「どうしてって……」

「一部屋だけでも取れてよかったじゃないですか！　さぁ、行きましょう」

「えっ……？」

アレクシス様はなぜか困っているようだけど、私は一緒でも大丈夫。

むしろ一晩中アレクシス様と一緒にいられるなんて嬉しいくらい。

馬車でもずっとふたりきりだったし、何か問題あるのかしら？

そう思いながらとても軽い気持ちで部屋へと案内してもらった私は、思っていたよりも狭い室内にふたりきりになって初めて、アレクシス様が困っていた意味を知ることになる。

「……ベッドが、ひとつなのですね」

「ああ……」

幼い頃からずっと王宮で過ごし、ヴェリキーでも素敵な部屋を与えられていた私には、すぐにピンとこなかった。

貴族街でも何でもない安価な宿屋では、これが普通。ひとり用のベッドに、小さなテーブルがひとつと、ちょっと着替えられる程度のスペースがあるだけ。

「やっぱり私、その辺で適当に過ごします……！」

「何を言っている！　そんなことさせるわけないだろう！　俺が出るから、モカはゆっくり休んでくれ」

「いいえ、アレクシス様にそんなことをさせるわけにはいきません‼」

「俺は野宿することにも慣れている！」

「アレクシス様が外で寝るなら、私もそうします！」

「………」

お互い、譲る気はないということがよくわかった。

それなら……。

「一緒でも、私は構いません」

「し、しかし……！」

「私たちは結婚するのですよね？　大丈夫です。私はちゃんと、その覚悟ができています！」

「その覚悟……」

ぎょっとしたまま固まってしまったアレクシス様の頬が、だんだん赤く染まっていく。

そんな反応をされたら私も恥ずかしくなってしまうけれど、アレクシス様とならずっと一緒にいたいと思っているのだから、全然平気。むしろ嬉しいくらいだわ！

自分にそう言い聞かせることで、私は平静を保った。

「……君は本当に、その意味がわかって言っているのか……？」

「その意味、ですか？」

「……やはりわかっていないか」

「？」

その意味とは？　何か複雑な意味が含まれているのだろうか？

大きな手のひらで顔を覆ったアレクシス様は、頭を抱えるようにして何かを考えている様子。

「すまないが、俺は君とただ一緒に寝るのは無理そうだ」

「え……」

目を逸らされたままそう言われ、胸の奥がちくりと痛む。

「アレクシス様は、私と一晩中一緒にいるのは嫌ということですか？」

「違う‼　嫌なはずないだろう⁉　むしろ逆だ！」

「ですが……」

無理だって、言ったじゃないですか。

そんな思いを込めて彼を見上げたら、アレクシス様は降参したように深く息を吐いて、言った。

「そうじゃない……。俺は、君が隣で寝ていて何もしないでいられるほど、紳士ではないということだ」

「………」

「一晩中一緒で嬉しいと、純粋に喜んでくれている君を……俺は穢してしまう」

「……！」

そこまで言わせて、初めてどういうことかわかった。

これでも一応、淑女教育は受けている。

「あ……っ、でもその、私たちは結婚する仲ですし……いえ、そういうことじゃないですよね……、何が言いたいのかというと……えっと……」

ひとり赤くなっているアレクシス様をフォローするつもりで口を開いたけれど、墓穴を掘っている気がする。

「わかってくれただろう。こんな男に情けは無用だ。この部屋は君が使ってくれ」

結局上手い言葉が見つからず、あたふたしてしまった私に、アレクシス様は気を取り直したように息を吐くと、部屋を出ようとした。

「私は構いません……！」

「……！」

それに焦った私は考えなしに叫び、彼の手を両手で強く掴んで引き止めた。

「……モカ」

「………」

本当は、その覚悟はまだできていないけど。

でも、アレクシス様をこのまま部屋から追い出すことなんてしたくない。

「大丈夫です。一緒にいてください、アレクシス様」

「………」

とにかく、アレクシス様ひとりを外で寝かせるなんて、できない。

ただ強くそう思って、彼を引き止めた。

その後は必要以上に会話することなく、互いに寝支度を整えた。

「――それじゃあ、寝ようか」

「はい……！」

そして、先にその言葉を口にしたアレクシス様は、ヴェリキーでのひとり部屋に置いてあるものよりも小さなベッドに身を入れた。

「………」

改めてアレクシス様が入ると、そのベッドがとても小さく見える。

たぶんそこまで小さなベッドではないと思うけど……アレクシス様が大きすぎるのか、私が意識しすぎているせいでそう見えるのか……。

とにかく、私もその隣で寝るとしたら、身体が密着するのは免れないのではないかしら……。

それを考えると、さすがにドキドキしてきて、私の身体は石になったみたいにカチンと硬直した。

「……モカ」

「！」

私がこんな態度を取ってしまったら、またアレクシス様が部屋を出ていこうとしてしまう……！

彼の呼びかけにはっとして顔を上げたら、アレクシス様は私と視線を合わせて優しく微笑んだ。

「おいで？」

「……っはい」

そして、布団を持ち上げて私を迎え入れてくれる。

カチカチと、ぎこちない動きで遠慮がちにベッドの端に腰を下ろした私は、アレクシス様に背中を向けながらうるさいくらいにドキドキと高鳴っている鼓動を抑えるよう、胸に手を当てた。

「そんなところにいたら、落ちてしまうよ」

「……‼」

もう、この後はどうしたらいいのかわからなくなっていた私に、アレクシス様は背中から手を回し、私の身体を優しく包み込んだ。

彼の温もりがすぐ後ろにある。寝間着のせいか、いつもよりその温度が近くに感じる。

「あ……」

そして、緊張で頭が真っ白になっている間に、いつの間にか私の身体は優しくベッドに横たわっていた。

「モカ……」

頭を撫でるように、優しく髪に触れていた手をゆっくり下に滑らせていくアレクシス様。

男らしい大きな手は、私のすべてを包んでしまうのではないかと思ってしまうほどで。

胸元が緩い寝間着からは、色っぽい鎖骨とたくましい胸板が覗いている。

男性なのに、とても色気のある人だわ……。

どこを見たらいいのかわからず、私は不自然に視線を彷徨わせてしまう。

「君は本当に可愛いな」

「……！」

なんて考えていたら、真上にいるアレクシス様に小さく笑われてしまった。

何か言い返したいけれど、全然言葉が出てこない。そんな余裕なんてない。

「モカ」

「………」

返事もできずにアレクシス様の視線に応えていると、彼の大きな手が何かを訴えるように私の頬を撫でた。

これは、キスしてもいいかということかしら……?

そんなアレクシス様の金色の瞳があまりにも美しくて。この瞳に見つめられていたら、すべてを彼に委ねてしまいたくなってくる。

アレクシス様となら、私は——。

「……大丈夫。君がベッドから転がり落ちないよう、俺がしっかり抱きしめているから。安心して眠って?」

本当の意味で覚悟を決めかけた私の額に優しく口づけて、アレクシス様は囁くようにそう言った。

「ですが、アレクシス様は……」

先ほどアレクシス様は、「何もせずにはいられない」と言っていた。私だって、その意味がわからないほど子供ではない。

「大丈夫。それ以上に俺は君を大切にしたいから。大丈夫」

「………」

けれど、まるで自分に言い聞かせているみたいに二回〝大丈夫〟と口にしたアレクシス様に、私の頬がほころんだ。

「ふふ、わかりました。それでは遠慮なく、私もアレクシス様にくっついて寝ますね」

「……ああ」

そんなアレクシス様が愛おしすぎて。

私のほうからぎゅっと彼に抱きつけば、一瞬ぴくりと身を後退された気がするけれど……

きっと気のせいね。

今夜はきっと、いい夢が見られるわ。

＊＊＊

「…………」

「すー……」

「…………」

「……すー」

「…………」

全然眠れん……っ‼

ひとつのベッドにモカとともに身を入れて、早数時間。

すっかり夜が更けたというのに、俺の目も頭も未だ冴えたまま。

だが、それも仕方ない。俺の隣には愛しい愛しいモカが寝ているのだから。それも、こんなに無防備に、俺に抱きついて。

一度は「一緒に寝て何もせずにいられない」と言ったものの、やはりここは年上の大人の男として、包容力の大きさを見せようと、強がってしまった。

そういうことは、正式に結婚してからだ。

本気でそう思ったものの、「安心して眠れ」などと言ってしまったことを、今になって少しだけ悔やんでいる。

モカが隣で寝ているのに何もしないというのは、俺が思っていたよりもきつかった。

「……アレクシスさま……」

「！　……寝言か」

むにゃむにゃと、何か言いながら暖を取るように俺にすり寄ってくるモカは、この世の者とは思えないほど可愛い。

男の俺とは違う、やわらかな身体に心地いい温もり。寝顔を見つめると、ついその小さな唇に目が向いてしまう。

……口づけだけなら、してもいいのでは？

いかんいかん……！　寝ている女性に、俺は一体何を考えているんだ……!!

いくら婚約者であっても、してはいけないことがある。

大丈夫。俺は辺境騎士団の団長だ。どんなに過酷な鍛錬にも耐え抜いてきたではないか。

これしきのこと、命をかけた魔物討伐に比べたら余裕もいいところ——。

「アレクシスさま……だいすき……」

「……!?」

そう気を引き締めた直後。

顔の近くでそう囁かれながら女性特有の膨らみを腕に感じた俺は、驚きのあまり飛び上がってしまった。

〝ドスン——!〟

「……痛っ」

そして情けなくも、ベッドから転げ落ちた。

「むにゃむにゃ……アレクシスさまぁ……」

「………」

幸せそうな寝顔で、俺の代わりに枕に抱きついて。モカは俺の温もりを探すように手を彷徨わせている。

なんて可愛い生き物なんだ、これは……‼

最早、拷問……。

俺を探しているモカに、自分に活を入れてから再びベッドに戻った俺は、落ちないギリギリのところで横になった。

朝まで持つだろうか……。

かつてないほどの鍛錬だ。これは忍耐力が鍛えられるに違いない。

魔物討伐をシミュレーションしながら邪念を払いつつ、それでも時折身を寄せてくるモカに、我慢ならず視線を向けた。

しかし、モカの寝顔は本当に穏やかで、幸せそうで、見ていて癒やされるのも事実だった。

こんなに清らかな女性に、何かしようなどと考えてはいけないな。

本当に愛らしい寝顔だ。

…………いかん！

俺はまた余計なことを……‼

そんな葛藤を続けているうちに、長い夜は明けていった。


「おはようございます、アレクシス様！」

「……おはよう。よく眠れたようだな」

「はい！　アレクシス様が一緒にいてくれたので、安心してぐっすり眠れました！」

「そうか……、それはよかった」

「アレクシス様は、もしかしてあまり眠れなかったのですか？」

「いや、そんなことはないが……！」

嘘だ。俺はモカのことが気になりすぎてまったく眠れなかったから、思い切り嘘をついてしまった。

しかし一晩中起きていたなんて知ったら、きっとモカが気にしてしまう。俺は一晩くらい寝なくても平気なのは、事実だ。

「それでは朝食をとったら、発とう」

「はい！　早く皆さんにも会いたいですね」

「ああ」

そしてモカの笑顔を見たら疲れが吹き飛んでしまうのも、また事実だった。

ヴェリキー帰還

「おかえりなさい！　団長、モカさん！」

辺境騎士団には、多大な報酬が与えられた。

ブラックタイガーから王都を救った功績と、四年前の件の謝罪の意味も込められているのだろう。

アレクシス様は私のおかげだと言ってくれたけど、辺境騎士団の皆さんがこの数年とても大変な思いをしながら戦ってくれていたのは事実。

「今夜は宴ですよ！」

私たちが帰還すると、ティモさんがご馳走を用意してくれていた。

大きな鶏の丸焼きと、ノアさんたちが途中の街で購入したというジューシーなソーセージやハムに、新鮮なフルーツ。

今夜は無礼講だと大盛り上がりで、麦酒で乾杯した。

「モカさん……いいえ、モカ様！　本当にありがとうございます！　モカ様は俺たちの大聖女様だ‼」

ティモさんはとても楽しそうにぐびぐびと麦酒を喉に流してそう言ったけれど。

「これまで通りでいいですよ」

「ですが」

「そうしてくれると、私は嬉しいです」

スペアの聖女だろうと、大聖女だろうと、私は私。

ティモさんは私の料理の先生でもあるし、急に〝モカ様〟なんて呼ばれたら、私が恐縮してしまう。

「……それじゃあ、モカさん！　これからもよろしくね！　今日は楽しもう！」

「ええ！」

アレクシス様が頷くのを見て、ティモさんはにっこり笑って麦酒を掲げた。

「モカはこっちのほうがいいかな」

「わぁ、ありがとうございます！」

お酒に慣れていない私に、アレクシス様がぶどうジュースを持ってきてくれた。

「疲れただろう、身体は平気か？」

「はい、とても楽しくて、帰ってきた実感が湧きます」

「そうか」

王都からヴェリキーまで急いで帰ってきたものだから、アレクシス様は体調を気遣ってくれているのね。

「……何だノア、その目は」

「別に？　仲がよさそうで俺は嬉しいなと思って」

けれどそんな私とアレクシス様を、ノアさんがにんまりしながら見つめている。

「ところでふたりの結婚式はいつにしようか？」

「えっ？」

帰ってきたばかりだというのに……。

結婚はまだ先だと思っていた私の胸は、ノアさんの問いにドキリと弾む。

「俺はすぐにでも挙げたいと思っている」

「え⁉」

そうなんですか⁉

けれど当たり前のように答えたアレクシス様に、私は噎《む》せそうになった。

「おお、アレク。すっかり男になったんだな」

「十分な婚約期間は設けたし、俺とモカが結婚することはもう揺るがない。ならば早いほうがいいだろう？」

「そうだな」

はっきりと答えたアレクシス様に、私が動揺してしまう。

本当に、最初に会ったときと反応が随分違う……。

「モカも、それでいいだろうか？」

「はい、私はいつでも……」

アレクシス様が、いよいよ本当に私の旦那様になる。

それを思うととてもドキドキするけれど、すごく嬉しい。

それに、こんなに堂々と言い切るアレクシス様は、とても素敵で、格好いい。

宿で一晩をともにした日を思い出す。

あの日のアレクシス様も本当に格好よかったけれど、きっと結婚したら毎日寝室をともにするようになると思う。

そうしたら、今度こそ本当に――。

「モカ？　何を考えているんだ？」

「い、いえ……っ、何も……‼」

すぐ隣で囁くように問われ、びくりと肩が跳ねた。

私ったら、こんなところで何を想像しているのかしら……‼

「そうか？」

「すみません……」

「俺は早く、君を俺のものにしたいよ」

「……っ」

みんなには聞こえないように、耳元で甘く、そっと囁かれて。

私はろくにお酒を飲んでいないのに、顔を真っ赤にして絶句した。

アレクシス様って、やっぱり私の心の中が読めるのかしら⁉

「どうかしたか？」

「あの、アレクシス様って……」

「？」

おそるおそる見上げたけれど、アレクシス様はきょとんとした後、にこりと微笑んでくれて。

もしかしてアレクシス様って……天然のたらしですか……⁉

＊

それから数週間後。

ヴェリキーの地で、私とアレクシス様の結婚式が行われた。

王侯貴族を招待しての盛大なものではなかったけれど、騎士団の大切な仲間に祝福されながら、小さな教会での式には、ヴェリキーの街のみんなが集まってくれた。

この日のために、アレクシス様は私にドレスを新調してくれた。

アレクシス様の瞳の色に似た金色のドレスに、以前買っていただいた黄色の花の髪留めを付けて。

いつもの騎士服もとても素敵だけど、アレクシス様も今日は正装されていて、とても格好よかった。

私は本当にこの方の妻になるのだと実感して、この幸せに酔いしれた。


――夢のような時間はあっという間に過ぎ、日が暮れていった。

『寝支度が済んだら、俺の部屋でゆっくり話そう』

夕食の後アレクシス様にそう言われて、深く考えずに頷いたけれど。

いざ彼の部屋の前まで来て、急に緊張してきた。

そう、だって今夜は、いわゆる初夜という日なのだから――。

やっぱり私は、今夜はそのままアレクシス様のお部屋で寝るのかしら……?

もしかして、枕を持ってきたほうがよかった……?

「……って、違う違う！　そうじゃなくて……！」

今夜は、あの日とは違う。わかってる。

私たちは正式に夫婦となった。初夜に何が行われるのかも、私は王子の婚約者としてしっかり勉強した。

だから――。

「モカ」

「アレクシス様……!?」

扉の前でぶつぶつと呟いている声が聞こえてしまったのだろうか。それとも騎士団長様の勘？

私がノックをする前に開いた扉の向こうから、胸元の大きく空いた寝間着姿のアレクシス様が現れた。

やっぱり、とても色気がある……。

もうドキドキする。

「どうしたんだ、そんなところで。さぁ入って」

「はい、失礼します……！」

ギギギ、と音がするのではないかと思うほど、自分でもぎこちないと感じる足取りで入室し、私はそのまままっすぐベッドに向かった。

「……モカ？」

「……はっ！」

けれど、アレクシス様はソファに座ろうとしていたらしい。

ひとりでベッドに進んでいく私に、不思議そうに呼びかけた。

「す、すみません……！」

これではまるで、期待しているみたいじゃない……！

恥ずかしい……‼

「今日は疲れたよな。だが寝る前に少しだけ、話をしてもいいかな？」

「もちろんです……！」

私が慌てているうちに、アレクシス様がスタスタとこちらに来てしまった。

そしてそのままベッドに座るよう促され、ふたりで並んで腰を下ろした。

アレクシス様のベッド……すごく緊張するのに、何だかとても落ち着く匂いがする。

「モカ」

「はい……っ！」

「俺と結婚してくれて、本当にありがとう」

アレクシス様がこちらを向いて、私の手に触れた。その瞬間にドキリと鼓動が跳ねて、弾かれるように彼を見上げたら、そこにはとても優しく微笑んでいる彼がいて。

「君と出会えたことが、俺にとって一番の幸運だ」

「アレクシス様……」

熱い視線から、その想いがまっすぐ伝わってくる。

そっと見つめ合うと、アレクシス様の優しい瞳が近づいてきて。

閉じられていくまぶたに誘われるように私も目を閉じると、優しく唇が重ねられた。

「好きだよ、モカ。愛してる」

「……私も、大好きです。アレクシス様」

それからアレクシス様のたくましい腕に抱き寄せられると、彼の鼓動も私と同じようにドキドキと高く脈を刻んでいるのがわかった。

緊張しているのが私だけではないとわかって、何だか嬉しい。

「この先も一生、俺がモカの幸せな日常を守っていく。それをどうしても伝えたかった」

「嬉しいです。ありがとうございます……」

アレクシス様となら、きっと私は幸せな人生を送れる。そして私も、アレクシス様に幸せな人生を送ってもらいたい。

静かにそっと胸に誓いながらアレクシス様を見上げると、再び彼の唇が落ちてきて。

その熱に応えていたら、いつの間にか私たちの身体はベッドの上に横になっていた。

「モカ……本当に可愛い」

「………」

彼に組み敷かれながら至近距離で見つめられ、頬を撫でられる。

緊張で身体が強張っているのを感じるけれど、大丈夫。今夜は私だって、本当に覚悟ができているから――！

「アレクシス様……」

そう思いつつも、彼の服をぎゅっと強く掴んだ私に、アレクシス様はふっと小さく笑った。

「大丈夫、何もしないから」

「ですが……」

「焦ることはないからな。モカはもう、正式に俺の妻なのだから」

「…………」

そう言いながらも、額や頬、鼻の頭に口づけを落としていくアレクシス様に、私のほうがくすぐったい気持ちになっていく。

「あの、アレクシス様……！」

「？」

そんなアレクシス様の頬を掴んで、私のほうからぐいっと彼の顔を目の前に運び、口を開く。

「そうです……私は、アレクシス様の妻です」

「……うん？」

「……ですから私を、アレクシス様のものにしてください」

「モカ」

口にした瞬間、かっと顔に熱が集まるのがわかる。でも、きっとアレクシス様は私のすべてを受け入れてくれる。

「ありがとう、とても嬉しい。愛しているよ、モカ――」

そんなことを考えている私の唇に、アレクシス様の温もりが重ねられて。

短く息をしながら、少し余裕のない表情で私を見つめているアレクシス様も、とても素敵で。

「俺は本当に、心底君のことが好きすぎる」

「……はい、」

「……だから、無理をさせたらすまない。先に謝っておこう」

「……!?」

それはどういう意味ですか……?

私に言葉を紡がせる隙を与えてもくれず、何度も何度も唇を重ねてくるアレクシス様に、ふと思い出す。

アレクシス様には人並み以上の体力があって、とても元気な方だった——。

「ア、アレクシス様、やっぱり待ってください！　少し話しましょう」

「もう待てない。話は後で聞く」

「そんな、あの……っ」

まるで魔物を追い詰めた騎士のような鋭い瞳に射貫かれて。

私はそれ以上何も言えずに、アレクシス様からの愛に溺れた。

あとがき

こんにちは、結生まひろです。

この度は『「姉のスペア」と呼ばれた身代わり人生は、今日でやめることにします～辺境で自由を満喫中なので、今さら真の聖女と言われても知りません！～』をお手に取っていただき、誠にありがとうございます。

私は騎士ヒーローが大好きで、本作も騎士団ものが書きたくて始めたお話でした。

一見冷酷な騎士団長様にかけられた呪いを、無自覚で解いてしまう聖女ヒロイン。

聖女を信用していなかったアレクシスが、モカの優しさに触れて次第に心を開き、距離を縮めてモカの本来の力も開花される。

そんな設定から、モカとアレクシスというキャラクターが出来上がっていきました。

天真爛漫で優しく、自分をしっかり持っているモカ。呪われた騎士団の団長として恐れられているけれど、可愛らしい一面もあるアレクシス。

そんな二人のやり取りは、書いていてとても楽しかったです。

そして、モカとアレクシスをイメージ通りに、とても可愛く、格好よく描いてくださいましたカロクチトセ先生、ありがとうございます！

カリーナやヴィラデッへもまさにイメージ通りで、本当に感動しました！

そして、本作を書籍化しませんかとお声がけくださり、とても素敵な一冊にするお手伝いをしてくださいました担当編集様や、関わってくださいました皆様に感謝申し上げます。

本作はcomicスピラ様にてコミカライズ企画も進行中です。最新情報は私のX（旧ツイッター）でも告知していきます。ぜひコミカライズも楽しみにお待ちいただけると嬉しいです！

そしてちょうど本作が発売される今年の六月で、私は作家デビュー二周年となります！

そんな節目となるタイミングで本作を刊行していただけたこと、大変嬉しく思うのと同時に、とても素敵な記念となりました。

これからもたくさんの方に私の作品を知ってもらい、少しでも楽しんでいただけるよう精進して参りますので、よろしくお願いいたします。

最後になりますが、ここまで読んでくださいまして、本当にありがとうございます。

それでは、またお会いできることを願って。

結生《ゆきい》まひろ

「姉のスペア」と呼ばれた身代わり人生は、今日でやめることにします
～辺境で自由を満喫中なので、今さら真の聖女と言われても知りません！～

2024年6月5日　初版第1刷発行

著　者　結生まひろ

発行人　菊地修一

発行所　スターツ出版株式会社

〒104-0031　東京都中央区京橋1-3-1　八重洲口大栄ビル7F
TEL　03-6202-0386（出版マーケティンググループ）
TEL　050-5538-5679（書店様向けご注文専用ダイヤル）
URL　https://starts-pub.jp/

印刷所　大日本印刷株式会社

ISBN　978-4-8137-9339-7　C0093　Printed in Japan

［結生まひろ先生へのファンレター宛先］
〒104-0031　東京都中央区京橋1-3-1　八重洲口大栄ビル7F
スターツ出版（株）　書籍編集部気付　結生まひろ先生